林清玄散文精选

林清玄

著

LIN
QINGXUAN
WORKS

过一生

自在从容

长江出版传媒

长江文艺出版社

图书在版编目（ＣＩＰ）数据

自在从容过一生 / 林清玄著. -- 武汉 ：长江文艺
出版社， 2020.9
　　（林清玄散文精选)
　ISBN 978-7-5702-1657-4

　Ⅰ.①自… Ⅱ.①林… Ⅲ.①散文集－中国－当代
Ⅳ.①I267

　　中国版本图书馆 CIP 数据核字(2020)第 112968 号

本书由台北九歌出版社有限公司授权出版

图字：17-2016-161 号

责任编辑：李　艳　孙晓雪
封面设计：壹诺　　　　　　　　责任校对：毛　娟
插图：老树画画　　　　　　　　责任印制：邱　莉　胡丽平

出版： 长江出版传媒 长江文艺出版社
地址：武汉市雄楚大街 268 号　　邮编：430070
发行：长江文艺出版社
http://www.cjlap.com
印刷：湖北恒泰印务有限公司

开本：880 毫米×1230 毫米　　1/32　印张：8.5　　插页：2 页
版次：2020 年 9 月第 1 版　　　2020 年 9 月第 1 次印刷
字数：158 千字

定价：36.00 元

目 录

辑一

秘密的地方

秘密的地方

在我的故乡，有一弯小河。

小河穿过山道、穿过农田、穿过开满小野花的田原。晶明的河水中是累累的卵石，石上的水迈着不整齐的小步，响着淙淙的乐声，一直走出我们的视野。

在我童年的认知里，河是没有归宿的，它的归宿远远地看，是走进了蓝天的心灵里去。

每年到了孟春，玫瑰花盛开以后，小河淙淙的乐声就变成响亮的欢歌。那时节，小河成为孩子们最快乐的去处，我们时常沿着河岸，一路闻着野花草的香气散步，有时候就跳进河里去捉鱼摸蛤，或者沿河插着竹竿钓青蛙。

如果是雨水丰沛的时候，小河低洼的地方就会形成一处处清澈的池塘，我们跳到里面去游水，等玩够了，就爬到河边的堤防上晒太阳，一直晒到夕阳从远山的凹口沉落，才穿好衣服回家。

那条河，一直是我们居住的村落人家赖以维生的所在，种稻子的人，每日清晨都要到田里巡田水，将河水引到田中；种香蕉和水果的人，也不时用马达将河水抽到干燥的土地；那些种青菜的人，更依着河边的沙地围成一畦畦的菜圃。

妇女们，有的在清晨，有的在黄昏，提着一篮篮的衣服到河边来洗涤，她们排成没有规则的行列，一边洗衣一边谈论家里的琐事，互相做着交谊，那时河的无言，就成为她们倾诉生活之苦的最好对象。

在我对家乡的记忆里，故乡永远没有旱季，那条河水也就从来没有断过，即使在最阴冷干燥的冬天，河里的水消减了，但河水仍然像蛇一样，轻快地游过田野的河岸。

我几乎每天都要走过那条河，上学的时候我和河平行着一路到学校去，游戏的时候我们差不多都在河里或河边的田地上。农忙时节，我和爸爸到田里去巡田水，或用麻绳抽动马达，看河水抽到蕉园里四散横流；黄昏时分，我也常跟母亲到河边浣衣。母亲洗衣的时候，我就一个人跑到堤防上散步，踮起脚跟，看河的尽头到底是在什么地方。

我爱极了那条河，不知道为什么，在那个封闭的小村镇里，我一注视着河，心灵就仿佛随着河水，穿过田原和市集，流到不知名的远方——我对远方一直是非常向往的。

大概是到了小学三年级的时候吧，学校要举办一次远足，促使我有了沿河岸去探险的决心。我编造一个谎言，告诉母亲我要去远足，请她为我准备饭盒；告诉老师我家里农忙，不能和学校去远足。第二天清晨，我带着饭盒从我们家不远处的河段出发，那时我看到我的同学们一路唱着歌，成一路纵队，出发前往不远处的观光名胜。

　　我心里知道自己的年纪尚小，实在不宜于一个人单独去远地游历，但是我盘算着，和同学去远足不外是唱歌玩游戏，一定没有沿河探险有趣，何况我知道河是不会迷失方向的，只要我沿着河走，必然也可以沿着河回来。

　　那一天阳光格外明亮，空气里充满了乡下田间独有的草香，河的两岸并不如我原来想象的充满荆棘，而是铺满微细的沙石；河的左岸差不多是沿着山的形势流成的，河的右岸边缘正是人们居住的平原，人的耕作从右岸一直拓展开去，左岸的山里则还是热带而充满原始气息。蒲公英和银合欢如针尖一样的种子，不时从山上飘落在河中，随河水流到远处去。我想这正是为什么不管在何处都能看到蒲公英和银合欢的原因吧！

　　对岸山里最多的是相思树，我是最不爱相思树的，总觉得它们树干长得畸形，低矮而丑怪，细长的树叶好像也永远没有规则，可是不管喜不喜欢，它正沿路在和我打着招呼。

　　我就那样一面步行，一面欣赏风景，走累了，就坐在河边休息，把双脚泡在清凉的河水里。走不到一个小时，我就路经一个全然陌生的市镇或村落，那里的人和家乡的人打扮一样，他们戴着斗笠，卷起裤脚，好像刚刚从田里下工回来。那里的河岸也种菜，浇水的农夫看到我奇怪地走着河岸，都亲切地和我招呼，问我是不是迷失了路。我告诉他们，我正在远足，然后就走了。

　　再没有多久，我又进入一个新的村镇，我看到一些妇女在河旁洗衣，用力地捣着衣服，甚至连姿势都像极了我的母亲。我离开河岸，走进那个村镇，彼时我已经识字了，知道汽车站牌在什么地方，知道邮局在什么地方，我独自在陌生的市街上穿来走去。看到这村镇比我居住的地方残旧，街上跑着许多野狗，我想，如果走太远赶不及回家，坐汽车回去也是个办法。

我又再度回到河岸前行，然后我慢慢发现，这条河的右边大部分都被开垦出来了，而且那些聚落里的人民都有一种相似的气质和生活态度，他们依靠这条河生活，不断地劳作，并且群居在一起，互相依靠。我一直走到太阳往西偏斜，一共路过八个村落和城镇，觉得天色不早了，就沿着河岸回家。

因为河岸没有荫蔽，回到家我的皮肤因强烈的日炙而发烫，引得母亲一阵抱怨："学校去远足，怎么走那么远的路？"随后的几天，同学们都还在远足的兴奋情绪里絮絮交谈，只有我没有什么谈话的资料，但是我的心里有一个秘密的地方——就是那条小河，以及河两岸的生命。

后来的几年里，我经常做着这样的游戏，沿河去散步，并在抵达陌生村镇时在里面溜达嬉戏，使我在很年幼的岁月里，就知道除了我自己的家乡，还有许多陌生的广大天地，它们对我的吸引力大过于和同学们做无聊而一再重复的游戏。

日子久了，我和小河有一种秘密的情谊，在生活里受到挫败时总是跑到河边去和小河共度；在欢喜时，我也让小河分享。有时候看着那无语的流水，真能感觉到小河的沉默里有一股脉脉的生命，它不但以它的生命之水让沿岸的农民得以灌溉他们的田原，也能慰安一个成长中的孩子，让我在挫折时有一种力量，在喜悦时也有一个秘密的朋友分享。笑的时候仿佛听到河的欢唱，哭的时候也有小河陪着低吟。

长大以后，常常思念故乡，以及那条贯穿其中的流水，每次想起，总像保持着一个秘密，那里有温暖的光源如阳光反射出来。

是不是别人也和我一样，心中有一个小时候秘密的地方呢？它也许是一片空旷的平野，也许是一棵相思树下，也许是一座大庙的后院，也许是一片海滩，或者甚至是一本能同喜怒共哀乐一读再读的书册……它们宝藏着我们成长的一段岁月，里面有许多秘密是连父母兄弟都不能了解的。

人人都是有秘密的吧！它可能是一个地方，可能是一段爱情，可能是不能对人言的荒唐岁月，那么总要有一个倾诉的对象，像小河与我一样。

有一天我路过外双溪，看到一条和我故乡一样的小河，竟在那里低徊不已。我知道，我的小河时光已经远远逝去了，但是我清晰地记住那一段日子，也相信小河保有着我的秘密。

夜观流星

近读宋朝沈括著的《梦溪笔谈》，有一段谈到他夜见流星的事，非常有趣：

> 治平元年，常州日禺时，天有大声如雷，乃一大星，几如月，见于东南，少时而又震一声，移著西南；又一震而坠，在宜兴县民许氏园中，远近皆见，火光赫然照天，许氏藩篱皆为所焚。是时火息，视地中只有一窍如杯大，极深。下视之，星在其中，荧荧然，良久渐暗，尚热不可近。又久之，发其窍，深三尺余，乃得一圆石，犹热，其大如拳，一头微锐，色如铁，重亦如之。

沈括学识的渊博早为后世学者推崇，但我之所以对这一段描述特别感兴趣，并不是因为有的学者说他对流星的正确判断早于西方天文学家数百年，而是因为我小时候也有一段看流星陨落的相似经验。

我幼年居住的乡里，没有电视，没有收音机，没有冷气，没有电扇，一到夏天夜晚，就没有人留在屋内，家人全跑到三合院中间的庭院里纳凉；大人坐在藤椅上聊天，或谈着农事，或谈着东邻西里的闲话，小孩子就围坐在地板上倾听，或到处追逐萤火虫。

小时候，家里有一位帮忙农事的老长工，我们都叫他"玉豹伯"，他的脑子里装满了民间戏曲里的戏文故事，口才好，姿势优美，颇像妈祖庙前的说书先生。他没有儿女，因此特别疼爱我们，每到夏天夜里，我们都围着听他说故事，一直到夜幕低垂才肯散去。他的身上有一种说不出的魅力，听到精彩的地方，我们甚至舍不得离开去捉跳到身边的大蟋蟀。

有一天玉豹伯为我们讲《西游记》，谈到孙悟空如何在天空中腾云驾雾飞来飞去，我们都不禁抬头望向万里的长空，就在那个时候，一颗天边的星星划出一条优美的长线，明亮的星一直往我们头上坠落，我们都尖声大叫，玉豹伯说："流星，流星！"然后我们听到轰然一声巨响，流星就落在我们庭院前不远处蕉园旁的河床。

一群孩子全像约好了似的，完全顾不得孙悟空，呼啸着站起往河床奔去，等我们跑到的时候却完全不见流星的影子，在河床搜寻一个晚上毫无所获，才拖着疲倦的身子回家。第二天还特别起早，继续到河床去找，后来找到一颗巨大的褐黑色石头，因为我们日日在河床游戏，几乎可以确定那颗新石头就是昨夜的流星，但是天上的流星落到地上怎么会变成石头呢？是我们不敢肯定的谜题。

那是我第一次看见流星，在那之前，虽听大人说起过流星，

知道天上的每颗星星都对应着地上的一个人，只要看见天上的流星陨落就知道地上死去了一个人。可是我常自问，地上时常有人去世，为什么流星却那么罕见呢？

还有人说，当你看见流星落下的一刻，闭上眼睛专心许愿，你的愿望就可以实现。当时我们还是孩子，心中没有什么大愿，看到奔射如箭的流星，张看之不暇，谁还顾得许愿呢？

后来我还在庭院里看过几次流星，但都远在天外，稍纵即逝，不像第一次的感受那么深刻，心中只是无端地茫然，若是天空中的星星都对应着一个人，那一刻落下的又是谁呢？不管是谁，人世里不是行者就是过客，流星落下不免令人感触殊深。

如果流星是一个人的陨落，那么浩渺的天空就对应着广阔的大地，人的群落就是星的聚散，这样想时，我们的离恨别情便淡泊了许多——光灿的星落到地上只是一个无光的石头，还有什么是永远的光明呢？

我总觉得不管有多少天文学家，不管人类登陆了月球，我们对天空的了解都还是浅薄无知的，重要的不是我们知道了多少天空的事物，而是它给了我们什么样心灵的启示。从很年幼的时候我就爱独自坐着看天空，并借着天空冥想，一直到现在，我出门时第一眼都要看看天色，这或许是看天吃饭的农家子弟本性，然而这种本性也使我在大旱的时候想着渴望雨水的禾苗；在连日豪雨之际思念着农田里还未收割、恐惧着发芽的累累稻穗；在飓风狂吼之时忧心着那些出海捕鱼的渔夫。

天空的冥思是可以让我们更关切着生活的大地，这样站在地上仰望天际，就觉得天空和星月离我们不远，也是"星垂平野阔，月涌大江流"的心情。

我最担心的是，在我认识的都市儿童中，大部分失去了天空的敏感，有的甚至没有好好地看过天色，更不要说是流星了。现在如果我看见流星，我想许的愿望是："孩子们，抬头看看那一颗马上要失去的流星吧！"

太阳雨

对太阳雨的第一印象是这样子的。

幼年随母亲到芋田里采芋梗，要回家做晚餐，母亲用半月形的小刀把芋梗采下，我蹲在一旁看着，想起芋梗油焖豆瓣酱的美味。

突然，被一阵巨大震耳的雷声所惊动，那雷声来自远方的山上。

我站起来，望向雷声的来处，发现天空那头的乌云好似听到了召集令，同时向山头的顶端飞驰奔跑去集合，密密层层地叠成一堆。雷声继续响着，仿佛战鼓频催，一阵急过一阵，忽然，将军喊了一声："冲呀！"

乌云里哗哗洒下一阵大雨，雨势极大，大到数公里之外就听见噼啪之声，撒豆成兵一样。我站在田里被这阵雨的气势慑住了，看着远处的雨幕发呆，因为如此巨大的雷声、如此迅速集结的乌云、如此不可思议的澎湃之雨，是我第一次看见。

说是"雨幕"一点也不错，那阵雨就像电影散场时拉起来的厚重黑幕，整齐地拉成一列，雨水则踏着军人的正步，齐声踩过田原，还呼喊着雄壮威武的口令。

平常我听到大雷声都要哭的，那一天却没有哭，就像第一次被鹅咬到屁股，意外多过惊慌。最奇异的是，雨虽是那样大，离我和母亲的位置不远，而我们站的地方阳光依然普照，母亲也没有要跑的意思。

"妈妈，雨快到了，下很大呢！"

"是西北雨，没要紧，不一定会下到这里。"

母亲的话说完才一瞬间，西北雨就到了，有如机枪扫空，哗啦一声从我们头顶扫过。就在扫过的那一刹那，我的全身已经湿透，那雨滴的巨大也超乎我的想象，绽开来几乎有一个手掌，打在身上，微微发疼。

西北雨淹住我们，继续向前冲去。奇异的是，我们站的地方仍然阳光普照，使落下的雨丝恍如金线，一条一条编织成金黄色的大地，溅起来的水滴像是碎金屑，真是美极了。

母亲还是没有要躲雨的意思，事实上空旷的田野也无处可躲，她继续把未采收过的芋梗采收完毕。记得她曾告诉我，如果不把粗的芋梗割下，包覆其中的嫩叶就会壮大得慢，地里的芋头也长不坚实。

把芋梗用草捆扎起来的时候，母亲对我说："这是西北雨，如果边出太阳边下雨，叫作日头雨，也叫作三八雨。"接着，她解释说，"我刚刚以为这阵雨不会下到芋田，没想到看错了，因为日头雨虽然大，却下不广，也下不久。"

我们在田里对话就像家中一般平常，几乎忘记是站在庞大的雨阵中，母亲大概是看到我愣头愣脑的样子，笑了，说："打在头上会痛吧！"然后顺手割下一片最大的芋叶，让我撑着，芋叶遮不住西北雨，却可以暂时挡住雨的疼痛。

我们工作快完的时候，西北雨就停了，我随着母亲沿田埂走回家，看到充沛的水在圳沟里奔流，整个旗尾溪都快涨满了，可见这雨虽短暂，却是多么巨大。

太阳依然照着，好像无视于刚刚的一场雨，我感觉自己身上的雨水向上快速地蒸发，田地上也像冒着腾腾的白气。觉得空气里有一股甜甜的热，土地上则充满着生机。

"这西北雨是很肥的，对我们的土地是最好的东西，我们种田人，偶尔淋几次西北雨，以后风呀雨呀，就不会轻踩，让我们感冒。"田埂只容一人通过，母亲回头对我说。

这时，我们走到蕉园附近，高大的父亲从蕉园穿出来，全身也湿透了："咻！这阵雨真够大！"然后他把我抱起来，摸摸我的光头，说："被雷公惊到否？"我摇摇头，父亲高兴地笑了："哈……金刚头，不惊风，不惊雨，不惊日头。"

接着，他把斗笠戴在我头上，我们慢慢地走回家去。

回到家，我身上的衣服都干了，在家院前我仰头看着刚刚下过太阳雨的田野远处，看到一条圆弧形的彩虹，晶亮地横过天际，天空中干净清朗，没有一丝杂质。

每年到了夏天，在台湾南部都有西北雨，午后刚睡好午觉，雷声就会准时响起，有时下在东边，有时下在西边，像是雨和土地的约会。在台北都城，夏天的时候如果空气污浊，我就会想："如果来一场西北雨就好了！"

西北雨虽然狂烈，却是土地生机的来源，也让我们在雄浑的雨景中，感到人是多么渺小。

我觉得这世界之所以会人欲横流、贪婪无尽，是由于人不能自见渺小，因此对天地与自然的律则缺少敬畏的缘故。大风大雨在某些时刻给我们一种无尽的启发，记得我小时候遇过几次大台风，从家里的木格窗，看见父亲种的香蕉，成排成排地倒下去，心里忧伤，却也同时感受到无比的大力，对自然有一种敬畏之情。

台风过后，我们小孩子会相约到旗尾溪"看大水"，看大水淹没了溪洲，淹到堤防的腰际，上游的牛羊猪鸡，甚至农舍的屋顶，都在溪中浮沉漂流而去。有时还会看见两人合围的大树，整棵连根流向大海，我们就会默然肃立，不能言语。呀！从山水与生命的远景看来，人是渺小一如蝼蚁的。

我时常忆起那骤下骤停、瞬间阳光普照或一边下大雨一边出太阳的"太阳雨"。所谓的"三八雨"就是一块田里，一边下着雨，另外一边却不下雨，我有几次站在那雨线中间，让身体的右边接受雨的打击，左边接受阳光的照耀。

"三八雨"是人生的一个谜题，使我难以明白，问了母亲，她三言两语就解开这个谜题，她说："任何事物都有界限，山再高，总有一个顶点；河流再长，总能找到它的起源；人再长寿，也不可能永远活着；雨也是这样，不可能遍天下都下着雨，也不可能永远下着……"

在过程里固然变化万千，结局也总是不可预测，我们可能同时接受着雨的打击和阳光的温暖，我们也可能同时接受阳光无情的曝晒与雨水有情的润泽，山水介于有情与无情之间，能适性地、勇敢地举起脚步，我们就不会因自然的轻踩而得感冒。

在苏东坡的词里有一首《水调歌头》，我很喜欢，他说：

> 落日绣帘卷，亭下水连空。知君为我新作，窗户湿青红。长记平山堂上，敧枕江南烟雨，杳杳没孤鸿。认得醉翁语：山色有无中。

> 一千顷，都镜净，倒碧峰。忽然浪起掀舞，一叶白头翁。堪笑兰台公子，未解庄生天籁，刚道有雌雄。一点浩然气，千里快哉风！

在人生广大的倒影里，原没有雌雄之别，千顷山河如镜，山色在有无之间，使我想起南方故乡的太阳雨，最爱的是末后两句："一点浩然气，千里快哉风！"心里存有浩然之气的人，千里的风都不亦快哉，为他飞舞，为他鼓掌！

这样想来，生命的大风大雨，不都是我们的掌声吗？

秋風落葉莫惆悵

管你說我忙啥

喝盃茶世事有人

丙申秋風中老樹造

仙堂戏院

仙堂戏院成立有三十多年了，它的传统还没有被忘记，就是每场电影散戏的前十五分钟，打开两扇木头大门，让那些原本只能在戏院门口探头探脑的小鬼一拥而入，看一个电影的结局。

有时候回乡，我就情不自禁散步到仙堂戏院那一带去，附近本来有许多酒家茶室，由于经济情况改变均已萧条不堪，唯独仙堂戏院的盛况不减当年。所谓盛况指的不是它的卖座，戏院内的人往往三三两两坐不满两排椅子；指的是戏院外等着捡戏尾仔的小学生，他们或坐或站着聆听戏院深处传来的响声，等待那看门的小姐推开咿哑的老旧木门，然后就像麻雀飞入稻米成熟的田中，那么急切而聒噪。

接着展露在眼前的是电影的结局，大部分的结局是男女主角历尽千辛万苦终于好事成双；或者侠客们终于报了滔天的大仇骑白马离开田野；或者离乡多年的游子奋斗有成终于返回家乡……有时候结局是千篇一律的，但不管多么类似，对小学生来说，总像是历经寒苦的书生中了状元，象征了人世的完满。

等戏院的灯亮就不好玩了，看门的小姐会进来清理门户，把那些还留恋不走的学生扫地出门。因为常常有躲在厕所里的，躲在椅子下的，甚至躲在银幕后面的小孩子，希望看前面的开场和过程，这种"阴谋"往往不能得逞，不管躲在哪里，看门小姐都能找到，并且抢起衣领说："散戏了，你还在这里干什么？下一场再来。"问题是，下一场的结局仍然相同，有时一个结局要看上三五次。

纵然电视有再大的能耐，电影的魅力是永远不会消失的。从那些每天放学不直接回家，要看过戏尾才觉得真正放学的孩子脸上，就知道电影不会被取代。

在我成长的小镇里，原本有两家戏院，一家在电视来临时就关闭了，仙堂戏院因此成为唯一的一家。说起仙堂戏院的历史，几乎是小镇娱乐的发展史，它在台湾刚光复的时候就成立了，在开始的时候，听长辈说，是公演一些大陆的黑白影片，偶尔也有卓别林穿梭其间，那时的电影还没有配音，但影像有时还不能使一般人了解剧情，因此产生出一种行业叫"讲电影的"。小镇找不到适当人选，后来请到妈祖庙前的讲古先生。

讲古先生心里当然是故事繁多，不及备载，通常还是有着天马行空的想象力。电影上演的时候，他就坐在银幕旁边，拉开嗓门，凭他的口才和想象力，为电影强做解人。他是中西文化无所不能，什么电影到他手中就有了无限天地，常使乡人产生"说的比演的好"，浑然忘记是看电影，以为置身于说书馆。

讲古先生也不是万般皆好，据我的父亲说，他往往过于饶舌而破坏气氛。譬如看到一对男女情侣亲吻时，他会说："现在这个查埔要亲那个查某，查某眼睛闭了起来，我们知道伊要亲伊了，喔，要吻下去了，喔，快吻到了，喔吻了，这个吻真长，外国郎吻起来总是很长的。吻完了，你看那查某还长长吸一口气，差一点就窒息了……"弄得本来罗曼蒂克的气氛变得哄堂爆笑。由于他对这种场面最爱形容，总受到家乡长辈"不正经"的责骂。

说起来，讲古先生是不幸的。他的黄金时光非常短暂，当有声电影来到小镇，他就失业了；回到妈祖庙讲古也无人捧场，双重失业的结果，乃使他离开小镇，不知所终。

有声电影带来了日本片的新浪潮，像《黄金孔雀城》《里见八犬传》《蜘蛛巢城》《流浪琴师》《宫本武藏》《盲剑客》《日俄战争》《山本五十六》等等，都是我幼年记忆里深埋的故事。那时我已经是仙堂戏院的常客，天天去捡戏尾不在话下，有时贪看电影，还会在戏院前拉拉陌生人的裤角，央求着："阿伯仔，拜托带我进场。"那时戏院没有儿童票，小孩只要有大人拉着就免费入场，碰到讨厌的大人就自尊心受损，但我身经百战，锲而不舍，往往要看的电影就没有看不成的。

偶尔运气特别坏，碰不到一个好大人，就向看门的小姐撒娇，"阿姨、婶婶"不绝于口，有时也达到目的。如今想起来也不知为什么当时有那么厚的脸皮，如果有人带我看戏，叫我唤一声阿公也是情愿的。

日本片以后，是刀剑电影，我们称之为"剑光片"。看过的电影不甚记得，依稀好像有《六指琴魔》《夺魂旗》《目莲救母》《火烧红莲寺》等等，最记得的是萧芳芳，好像什么电影都有她。侠女扮相是一等一的好，使我对萧芳芳留下美好的印象；即使后来看到她访问亚兰德伦颇失仪态，仍然看在童年的面子上原谅了她。

那时的爱看电影，到了如醉如痴的地步，时常到仙堂戏院门口去偷撕海报。有时月黑风高，也能偷到几张剧照，后来看楚浮的自传性电影，知道他也有偷海报、剧照的癖好，长大后才成为世界一级的大导演，想想当年一起偷海报的好友，如今能偶尔看看电影已经不错，不禁大有沧海桑田之叹。

好景总是不常，有一阵子电影不知为何没落，仙堂戏院开始"绑"给戏班子演歌仔戏和布袋戏。这些戏班一绑就是一个月，遇到好戏，也有连演三个月的，一直演到看腻为止。但我是不挑戏的，不管是歌仔戏、布袋戏，或是新兴的新剧，我仍然日日报到，从不缺席。有时到了紧要开头，譬如岳飞要回京，薛平贵要会王宝钏了，祝英台要死了，孔明要斩马谡了，那是生死关头不能不看，还常常逃课前往。最惨的一次是学校月考也没有参加，结果比岳飞挨斩还凄惨，屁股被打得肿到一星期坐不上椅子，但还是每天站在最后一排，看完了《岳飞传》。

歌仔戏、布袋戏虽好，然而仙堂戏院不再演电影总是美中不足的事，世界为之单调不少。

到我上初中的时候，是仙堂戏院最没落的时期，这时电视有了彩色，而且颇有家家买电视的趋势。乡人要看的歌仔戏、布袋戏，电视里都有；要看的电影还不如连续剧引人；何况电视这是免费的！最后这一点对勤俭的乡下人最重要。还有一点常被忽略的，就是能常进戏院的到底是少数，看完好戏没有谈话共鸣的对象是非常痛苦的。看电视则皆大欢喜，人人共鸣，到处能找人聊天，谈谈杨丽花的英气勃勃，史艳文的文质彬彬，唉，是多么快意的事！仙堂戏院为此失去了它的观众，戏院的售票小姐常闲得捉苍蝇打架，老板只好另谋出路。先是演电影里面来一段插片，让乡人大开眼界，一致哄传，确实乡人少见妖精打架，戏院景气回升不少。但妖精打来打去总是一回事，很快又失去拥护者。

"假的不行，我们来真的！"戏院老板另谋新招，开始演出大腿开开的歌舞团，一时之间人潮汹涌，但看久了也是同一回事，仙堂戏院又养麻雀了，干脆"整修内部，暂停营业"。后来不知哪来的灵感，再开业时广告词是"美女如云、大腿如林的超级大胆歌舞团，再加映香艳刺激，前所未见的美国电影"，企图抢杨丽花的码头。

结局仍是天定——一鼓作气，再而衰，三而竭，仙堂戏院似乎走到绝路了。再多的美女大腿都回天乏术。

到我离开小镇的时候，仙堂戏院一直是过着黯淡的时光，幸而几年以后，观众发现电视的千篇一律其实也和歌舞团差不多，又纷纷回到仙堂戏院的座位上看"奥斯卡金像奖"或"金马奖"的得奖电影——对仙堂戏院来说，也算是天无绝人之路了。到这时，捡戏尾的小学生才有机会重进戏院。有几乎十年的时间，父老乡亲全不准小儿辈去仙堂戏院，而歌舞团和插片也确乎没有戏尾可捡。

三十九年过去了，仙堂戏院外貌改变了，竹做的长板条被沙发椅取代，洋铁皮屋顶成了钢筋水泥，铁铸大门代替咿呀的木门，处处显示了它的历史痕迹。

最好的两个传统被留下来，一是容许小孩子去捡戏尾；二是失窃海报、剧照不予追究；这样的三十年过去了，人情味还留着芬芳。

我至今爱看电影、爱看戏，总喜欢戏的结局圆满，可以说是从仙堂戏院开始的。而且我相信一直下去，总有一天，吾乡说不定出现一个楚浮，那时即使丢掉万张海报也都有了代价——这也是我对仙堂戏院一个乐观的结局。

我唯一的松鼠

我拥有的第一只动物是一只小松鼠，那是小学一年级的事了。小学一年级，我家住在乡间，有一日从学校回家在路边捡到一只瘦弱颤抖的小松鼠，身上的毛还未长全，一双惊惧的刚张开的眼睛转来转去。我把它捧在手上，拼命地跑回家，好像捡到什么宝物，一路跑的时候还能感觉到松鼠的体温。

回家后，我找到一节粗大的竹筒剖成两半，铺上破布做了小松鼠的窝，可是它的食物却使我们全家都感到紧张。那时牛奶还不普遍，经过妈妈的建议，我在三餐煮饭的时候从上面捞取一些米汤，用撕破的面粉袋子沾给它吃。饥饿的松鼠紧紧吸吮着米汤使我们都安心了。

慢慢地，那只松鼠长出光亮的棕色细毛，也能一扭一扭地爬行。每天为它准备食物，成为我生活里最快乐的事。幸好我们住在乡间，家里还有果园，我时常去采摘熟透的木瓜、番石榴、香蕉，小心地捣碎来喂我的松鼠。它快速的长大从尾巴最能看出来，原来无毛细瘦的尾巴，走起路来拖在地上的尾巴，慢慢丰满起来，长满松松的毛，还高傲地翘着。

从爬行、跑路到跳跃竟如同瞬间的事,一个学期还未过完,松鼠已经完全成长为一个翩翩的少年了。

小松鼠仿佛记得我的救命之恩,非常乖巧听话。白天我去上学的时候,它自己跑到园里去觅食,黄昏的时候就回到家来躲在自己的窝。夜里我做功课的时候,松鼠就在桌子旁边绕来绕去,这边跳那边跑,有时还跑来磨蹭人的脚掌。妈妈常说:"这只松鼠一点都不像松鼠,真像一只猫哩!"小松鼠的乖巧赢得了全家的喜爱。

有时候我早回家,只要在园子里吹几声口哨,它就像一阵风从园子里不知的角落蹿出来,蹲在我的肩膀上,转着滴溜溜的眼睛,然后我们就在园子里玩着永不厌倦的追逐的游戏。松鼠跑起来姿势真是美,高高竖起的尾巴像一面迎风招展的旗子,那面旗跑在泥地上像一阵烟,转眼飞逝。

自从家里养了松鼠,老鼠也减少了,那是我第一次知道松鼠还会打老鼠,夜里它绕着房子蹦跳,可能老鼠也分不清它是什么动物,只好到别处去觅食了。

我家原来养了许多动物,有七八条猎狗土狗,是经常跟随爸爸去打猎的;有十几只猫,每天都在庭院里玩耍的。这些动物大部分来路不明,由于我家是个大家庭,日常残羹剩菜很多,除了养猪,妈妈常常用几个大盆放在院子里,喂食那些流落乡野的猫狗,日久以后,许多猫狗都留了下来;有比较好的狗,爸爸就挑出来训练它们捉野兔打山猪的本事,这些野狗们都有一分情,它们往往能成为比名种狗更好的猎犬;因为它们不挑食,对生命的留恋也不如名种狗，在打猎时往往能义无反顾，一往直前。

但是这些猫狗向来是不进屋的，它们的天地就是屋外广大的原野，夜里就在屋檐下各自找安睡的地方，清晨才从各角落冒出来。自从小松鼠来了以后，它是唯一睡在屋里的，又懂事可爱，特别得到家人的宠爱。原先我们还担心有那么多猫狗，松鼠的安全堪虑，后来才发现这种担心完全是不必要的，小松鼠和猫狗也玩得很好。我想，只要居住在一个无边的广大空间，连动物也能有无私的心。

有趣的是，小松鼠好像在冥冥中知道我是捡拾它回来的人，与我特别亲密，它虽然与哥哥弟弟保持良好的关系，但也仅止于召唤，从来不肯跳到他们身上，却常常在我做功课的时候就蹲在我的腿上睡着了。有时候我带松鼠到学校去，把它放在书包里，头尾从两边伸出，它也一点都不惊慌。

松鼠与我的情感，使我刚上学的时候有一段有声音有色彩、明亮跳跃的时光。同学们都以为这只松鼠受过特别的训练，其实不然，它只是路边捡来养大而已。我成年以后回想起来，才知道如果松鼠有过训练，唯一的训练内容就是一种儿童最无私最干净的爱。

隔年冬天的一个晚上，我吃过晚饭像往日一样回到书房做功课，为了赶写第二天大量的作业还特别削尖了所有的铅笔。松鼠如同往日，跳到我的毛衣里取暖，然后在书桌边绕来绕去玩一只小皮球。我的作业太多，赶写到深夜还不能写完，就伏在桌子上睡着了。

被夜凉冻醒的时候，我被眼前的影像吓呆了，放声痛哭。我心爱的松鼠不知何时已死在我削尖倒竖拿在手中的铅笔上，那支铅笔正中地刺入松鼠的肚子，鲜血流满了我的整只右手，甚至溅满在笔记簿上，血迹已经干了，松鼠冰凉的身体也没有了体温。我到现在还清楚记得那一幅惊悸的影像，甚至我写的作业本也清楚记得。

那一天老师规定我们每个人写自己的名字两百遍，我的笔记本上密密麻麻地写着自己的名字，而松鼠的血则滴滴溅满在我的名字上，那一刻我说不出有多么痛恨自己的作业，痛恨铅笔，痛恨自己的名字，甚至痛恨出作业的老师。我想，如果没有它们，我心爱的松鼠就不会死了。

我惊吓哀痛的哭声，吵醒了为明日农田上工而早睡的父母，妈妈看到这幅影像也禁不住流下泪来，我扑在妈妈怀里时还紧紧地抱住那只松鼠。我第一次养的动物，真正属于我自己的动物，就这样一夜间死了。死得何其之速，死得何等凄惨，如今我回想起来，心里还会升起一股痛伤的抽动。如果说我懂得人间有哀伤，知道人世有死别，第一次最强烈的滋味是松鼠用它的生命给了我的。我至今想不通松鼠为何会那样死去，一定是它怕我写不完作业来叫醒我，而一跳就跳到铅笔上——当时我确实是这样想的。

我把死去的松鼠，用溅了它的血的毛衣包里，还把刺死它的铅笔放在一边，一起在屋后的蕉园掘了一个小小坟墓埋葬。做好新坟的时候，我站在旁边默默地流泪，那时也是我第一次知道，所有的物件与躯壳都可以埋葬，唯有情感是无法埋葬的，它如同松鼠的精魂永远活着。

后来我也养过许多松鼠，总是养大以后一跑就了无踪影，毫不眷恋主人，偶有一两只肯回家的，也不听使唤，和人也没有什么情感。每遇这种情况，我就疑惑，在松鼠那么广大的世界里，为什么偏有一只那么不同的、充满了爱的松鼠会被我捡拾，和我共度一段美好的时光呢？莫非这个世界在冥冥中真有什么特别的安排？使我们与动物也有一种奇特的缘分？

猫狗当然不用说了，在我成长的过程中，我养过老鹰、兔子、穿山甲、野斑鸠、麻雀、白头翁，甚至也养过一头小山猪、一只野猴，但没有一只动物能像第一只松鼠同样与我亲近，也没有一只像松鼠是被我捡拾、救活，而在我的手中死亡的。

松鼠的死给我的童年铺上一条长长的暗影，日后也常从暗影走出来使我莫名忧伤。经过二十几年了，我才确信人与动物、人与人间有一种不能测知的命运，完全是不能知解地推动我们前行，使我们一程一程地历经欢喜与哀伤，而从远景上看，欢喜与哀伤都是一种沧桑，我们是活在沧桑里的；就像如今我写松鼠的时候，心里既温暖又痛心，手里好像还染着它的血，那血甚至烙印在我写满的名字上，永世也不能洗清。它是我生命里唯一的动物，永远在启示我的爱与忧伤。

悬崖边的树

我读初中的时候，成绩不好。由于对课外书及美术的热爱，我的初中生活一直过得迷迷糊糊，好像一转眼就升上初三了。

就在初三刚开始不久，父亲把我叫去，说："像你的这种成绩，我的脸都被你丢尽了，我看你初中毕业不要去高雄参加联考了，你去台南考。"

我当场怔在那里，因为在我居住的乡镇，所有的孩子都是参加高雄联考，去台南考试，无异就是放逐，连在乡镇里的旗美高中也不能考了。

不知道哪里来的勇气，我自己一个人跑到台南去考高中，放榜的时候发现考上一个从未听说过的高中"私立瀛海高中"。

瀛海高中刚成立不久，是超迷你的学校，每一年级只有三个班，整个高中加起来只有三百多人。学校在盐分地带，几乎可以用"寸草不生"来形容，土地因为盐分过高，一片灰白色。学校独立于郊野，四面都是蔗田和稻田。

记得注册时是爸爸陪我去的，他看到那么简陋的校舍和荒凉的景色，大吃一惊，非常讶异地问我："你怎么会考上这种学校？"

由于学生很少，大部分的学生都住校，我也开始了离家的生活。

住在学校认识了许多死党，加上无人管教，我的心就像鸟飞出笼子一样，几乎把所有的时间用来读课外书、画画和写文章。每到假日，就跑到台南市去看电影、逛书店。

我的高中生活大致是快乐的，除了功课以外。学校的功课日渐令我厌烦，赤字一天一天增加，到高一结束时，有一大半的功课都是补考才通过的。

这时，我默默地准备辍学或转学，当我把这想法告诉爸爸，他气得好几天不和我说话，有一天他终于开口了："你再读一学期，真的不行，再转回来吧！"

升上高二，我换了导师，是一位七十岁的老头，听说是早年北京大学毕业的，因为在省中退休，转到私校来教。他就是后来彻底改造我的王雨苍老师。

开学不久，他叫我去他家包饺子，然后告诉我："你在报纸上的文章我看过，写得真不错。"这是第一位确定那些文章是我写的老师，以前的老师都以为只是同名同姓的人。

然后，王老师告诉我，他从事教育工作快五十年了，差不多学生的素质一眼就可以看出来。他之所以退而不休，转到私立学校教书，不只是为了兴趣，也是为了寻找沧海遗珠。

吃完师母的饺子告辞的时候，王老师搂着我的肩膀说："你有什么想法，随时可以来找老师谈谈，林清玄，你不要自暴自弃呀！"我从未被老师如此感性地对待，当场就红了眼睛。

接下来就像变魔术一样，我把一部分的心力用在课业上，功课虽然不好，都还在及格边缘。

由于王老师的鼓励，我把大部分心力用在写作上，不仅作品陆续发表在报章杂志上，还连续两次得到全台南市中学作文比赛的第一名，使我加强了对自己的信心，也更确定日后的写作之路。

不管是写作文或周记，或是发表在报上的文章，王雨苍老师总是仔细斟酌修改，与我热心讨论，使我在升学至上的压力中还有喘息的空间，渴望成为作家的梦想是我在高中生活中，犹如大海里的浮木，使我不致没顶，王老师则是和我一起坐在浮木上的人，并且帮我调整了浮木的方向。

在我高中毕业的时候，我不再对前途畏惧了，虽然大学的考试一直不顺利，我知道，我的写作不会再被动摇了。

一直到现在，我只要想起中学生活，王雨苍老师那高大的身影、红润的双颊就会在眼前浮现，想到他最常对我说的："你一定会成功的，不要自暴自弃呀！"

我不知道自己是不是王老师寻找的沧海遗珠，但我知道好老师正如同悬崖边的树，能挡住那些失足坠落的学生。

现在时空遥隔了，老师的魂魄已远，但我仿佛看到在最陡峭的悬崖边，还长着翠绿的大树。

海的儿女

"对我们讲关于海的故事，好吗？"有一天我带着几个小侄儿到海边去，都市的小孩子很少看海，突然这样地要求我。

我有什么资格告诉他们，关于海洋的故事呢？海在过去曾经有过无数的文学家给它赞美、为它颂歌；也有无数的人依它生活，充满了血泪；同样也有无数的人在里面埋葬，在雄伟的海前，完成了他们渺小的一生。他们都有资格来为我们讲海，但他们也同时没有一个真正了解海。

——海不是用来被人了解的，海是用来给人感动、启示、联想，乃至于生活的。

我的海洋经验说起来是十分的渺小，但我可以说是爱海的。我的学生时代，有三年是在海边的学校度过，每日黄昏下学以后，我就孤单地到海边去，顺着台南的安平海岸散步，静静听着海洋的呼吸。有一次台风前夕，甚至在海岸看着呼喊的海啸，巨浪冲天，背面的天空则是一片光灿到不可逼视的橘红。那时我为海的伟大而深深地感动，但我并不能确知海，因为那时我刚从山上的农家来到海边的学校。

当我开始认识到班上的同学，才发现我的同学绝大多数来自海边，他们的家长都依海维生，但从事不同的工作。有的是盐民，靠着将海水引进，晒成白颜色的盐生活；有的是蚵民，在海边插下蚵种，等待海洋的孕育与收成；有的是农民，他们在离海不远的沙地上种西瓜香瓜，以及花生。海埔地虽然贫瘠，但仍然生养他们；最多的则是渔民了，他们几乎天天到海里去捕鱼，有的是沿海、近海，也有远洋的，我才知道远洋的渔民是一出门便是一年半载看不到土地的，另外有一种也算渔民，他们在海边围成鱼场，养虾蟹和虱目鱼。

我慢慢理解到原来光是在海边竟是有这样不同的生活，那海里的多样更不用说了。有时候接受同学的邀请，我就住在他们海边的家，白天与他们到海边去劳动和游戏，晚上则目送同学的父亲出海去讨生活，清晨则看着海边的风向球，等待归航的船只，在曙光初透的时刻，在鱼市场看渔民拍卖一箩筐一箩筐的鱼货，并互相谈询着昨夜的海上，以及今夜和未来几天海洋里可能的变化。

——海是每天都不同的，海是每一时刻都在变动的。

高三那年，一位要好的同学在课室里流泪，我才知道不久前他的哥哥在远洋渔船遇到风难而找不到尸体了。我的同学短短几天已经坚强起来，使我惊奇；后来才了解依海维生的人早就看清了自己的宿命，那就像我们与盐民在海边踩水车，踩快的时候，有时会一脚踏空。不同的是水车可以再踏一脚，在海里则没有这种机会。

当我开始比较会生活以后，我就在旅行的时候到海边去住宿，虽然有时候到像垦丁这一类的地方，只是去感觉海水的温度，看海边的浪，以及接受银光色水母的攻击。更多的时候我到海边去生活，我曾在澎湖大仓岛的渔民家里住过，申请出海证，到沿海一带去捕鱼。

我曾在宜兰东澳的渔民家住过，白天在东澳小学教小学生读书，夜里坐在海风的庭前，听老了的渔民回忆海边的风浪。后来认识了海防士兵，他们特准我在深夜坐在海边，想象海里发生过的故事。

我曾在基隆八斗子海边渔家住过，那时八斗子海边正要扩建码头，不得不拆去海岸的妈祖庙，我因为感同身受，便同渔民抗议着庙的拆除。虽然庙还是不得不拆，但那一回我深刻知道，一辈子捕鱼的人对大海还是敬畏的，因此不管任何海边都有保护的庙宇，而不论何时出海，出海前都要放鞭炮。

我也曾在台南四草的养蚵人家住过，白天和他们撑着竹筏到海岸去采蚵，并把蚵运到邻近的市场。夜里在砖屋前喝米酒唱渔歌，放松着，准备明日的奋斗。

如果说，渔民是海里的农夫，我曾和他们一起入海耕耘；如果说渔民是海的挑战者，我曾和他们一起抗争；如果说渔民是海的儿女，我曾经与他们一起投入母亲的怀抱；如果说渔民对海还有恐惧，我曾和他们一起烧香祷告，祈求平安。

但如果说这样我就算了解海，并不是的。我和一位大我十岁的渔民谈海，他告诉我七岁时就开始到海里谋生，但他还是不了解海，他说："像我们出海，没有一个人下网前能估算他捞进来时的收获。"又说，"甚至到现在，我还不能知道居住的海边有多少种鱼，常常有一些鱼捞起来，连我都没见过。"他还说，"就说天气好了，我还不敢把握每一天海上的天气呢！因为海最敏感，我们陆上无风时，海上可能正刮着大风呢！"

从来没有人能知道完全的海吧！我曾走过希腊闻名世界的科林斯地峡，它凿通地中海和爱琴海，我站在地峡往两边望，一边是青森色，一边是蔚蓝色，而地峡的水是透明的浅蓝，光是海的颜色就让我们不能猜度了。

海明威的《老人与海》算是最伟大的海洋文学了，表面上，老人与海洋的抗争结束，老人战胜了鲸鱼，可是真正的本质里，海还是大到无以对抗的。

海是那样多变的吧！却又不尽然，我有一位远洋渔船的船员朋友，每次出海就是一年多，海洋里单调的生活常常使他想自杀。可是一旦回到陆地，夜里听到船只出港的汽笛声就心情激荡，想再回到大海的怀抱。他在那样又爱又恨的情绪里，在海洋度过他大部分的青春岁月。

记得我在澎湖大仓岛居住时，每天和大仓小学的孩子在操场打篮球，篮球板的背面就是大海，传球稍微不慎，篮球就顺着岩岸滚入大海，孩子马上纵身跑入海中拾球，继续比赛，常常一场球打下来，到海中捡二十几次球。

我教孩子读书是困难的，因为就在澎湖的大仓岛上，你无法告诉孩子什么是火车、什么是汽车、什么是冷气、什么是电扇，这些现代的东西岛上都没有（岛上用火力发电，每天夜里八点到十点供应两小时，所以孩子还知道电灯）。

甚至也没法让小孩知道什么是河流、什么是山、什么是稻子（岛上既无山也无河，唯一能够生长的作物是花生与番薯）。我们也无法让孩子了解陆上的动物，这里的陆上除了猫狗，几乎没有其他动物。

可是要谈起海洋呢！我在小学生的面前就显得无知而渺小。每一个七岁以上的孩子，都能够辨认海边一般的渔具和虾蟹，会帮母亲补网，能够在海中空手捕到一些鱼类。然后他们知道几月份的时候可以出海捕鱼，出海的时候可以捕到什么，捕小管和捕沙虾的工具有什么不同。而且也知道什么样的风向是不宜出海的。

我甚至向一个五岁孩子学到，如何用石头剖开海胆，挖出里面的肉烤来吃；如何分辨可食用的海参和有腥臭不能吃的海参；如何用腐肉在岩岸边捕捉行动迅速的小蟹……

海洋的学问是这样大，几乎比陆上还要复杂，可是生活在海岛上的大海儿女，他们一出生就学会了那些学问。

那么我有什么资格向陆上的孩子讲述海洋的故事呢？要了解海洋，唯一的方法是住到海边去，要知道海洋的故事，就要和海的儿女做朋友。

大地是我们的。

海洋也是我们的。

大地的儿女是我们的孩子。

海洋的儿女也是我们的孩子。

他们在日常生活得来的智慧与启示，就是我们明日的希望。

落地生根

　　沙林杰的《麦田捕手》(塞林格的《麦田里的守望者》)里突然飘下来一片东西，褐色的，从桌面上轻轻地跌在地上，没有一点声息。

　　我俯身捡拾，原来是一片叶子，已经没有水分，叶脉呈较深的褐色，由叶蒂往四面伸展。

　　最可惊的是，每一条叶脉长到叶的尽头，竟突破了叶子，长出又细又长的根须出来，数一数，一片小叶子正好长了十六条根须。我把这片叶子夹回我少年时代读的《麦田捕手》书中，惊奇地发现，那些从叶子里伸展出来的根须正好布满一整本书页的大小，在还没有突出书页的时候，它用尽了一切力气，死亡了。

　　那一片叶子是"落地生根"的叶子，一种最容易生存的植物。

　　我坐在书桌前，看着这一片早就枯死多年，而它的根须还像喘着气的叶子，努力地追想着这一片叶子进入书中的最后一段历史。

　　"落地生根"是乡下极易生存的植物，在我的故乡，沿着旗尾溪的河堤，从河头围到河尾，是全用巨石堆叠出来的，河堤下部用粗大的铁丝网绑了起来。由于全是石头,河堤上几乎寸草不生。

奇怪的是,在那荒瘠的河堤上,却遍生了"落地生根",从石头的缝里,"落地生根"孤挺地撑举出来,充满浓稠汁液的绿色草茎直立地站着,没有一株是弯曲的,肥厚的叶片依着草茎一片片平稳地舒展,它的颜色不是翠绿,而是一种带着不易摧折的深深的绿色。

最美的是春天了。"落地生根"像互相约定好的,在同一个时间开出花朵,花是红色的,但有各种不同的层次,有的深红,有的橙红,有的粉红,有的淡红。花的形状非常少见,它像一整串花柱上开出数十朵,甚至数百朵的花,形状像极了长长的挂在屋檐下的风铃。

我童年的时候,天天都在河溪边游徜,累了就躺在河堤上晒太阳,那时春天遍生遍开的落地生根与它美丽而不流俗的花,常常让我注视一个下午。黄昏的时候,傍晚微凉的风从河面抚来,花轻轻地摇动起来,人躺着,好像能听到在一串风铃的花间,响动着微微的音乐,惊醒的时候才知道是河的声音,或者也不是河的声音,而是植物的内语,只有很敏感的儿童才能听见。

到夏季的时候,落地生根的花朵并不凋落,而是在茎上从红色转成深深的褐色,一粒粒小小地握紧着拳头,坚实的果实外壳与柔软的花是全然不同了。果实中就包藏着落地生根有力的种子,不论落在何处,都会长出新的草茎,即使是最贫瘠的石头缝也不例外。

除了种子,落地生根用任何方法都可以繁殖,它身上随便的一片叶子，一段草茎，只要摘下埋在土里，就会长出一株新的落地生根。即使不用种子，不用茎叶，它的根所接触到的土地，也会长成新的植物，并且每一株还有更多的茎叶与花果。

我在刚刚会玩耍的时候，就为落地生根那样强悍的生长力深深地感动了。我们常常玩的游戏，是挑选那些长得最完满的叶子，夹在书页当中，时常翻看；每回翻开，落地生根从叶脉中衍长出来的根须就比以前长了一些，有时夹了几个星期，落地生根的叶子也不枯萎，而只要把它丢在土里，它就生发萌动，成为一株全新的植物。就是它这种无与伦比的力量，使我不论走到多远，常在梦里惦念着旗尾溪畔的堤防，落地生根可以说不只长在堤防上，而成为故乡纪念的一种鲜明植物。

我手里这一片落地生根的叶子，是我在十五年前夹入《麦田捕手》这本书的。

那一年，我离开家乡到台南去求学，开始过着孤单而独立的生活。假期的时候我回家，几乎每天都到堤防去散步，看着欣欣繁长的和石头缝隙苦斗的落地生根，感觉到它们是那样脆弱，一碰触，它的茎叶就断落了，也同时理解到它们永远不死的力量，因为那断落的只要找到机会，还会在野风中生长。小小的落地生根，给我在升学的压力里，带来极大的前进的鼓励——我想，如果让我选择，我不愿意做一朵开在温室里的红色玫瑰，而宁可做一株能在石头缝也成长开花的落地生根。落地生根虽然卑微，但它的美胜过了玫瑰，而且它是无价的。

我就读的高中是在台南离海边很近的地方，土地里含着浓重的盐分，几乎是花草不生的所在，只有极少数的植物，像木麻黄、芙蓉花、酢浆草、凤凰花，还有一些不知名的野草，能在有盐分的土地活着，但大多显出营养不良的样子。

那时学校没有自来水，我们的饮水全靠几辆水车到市区运来的淡水。学校里水井抽出来的水仅供沐浴洗衣，常是黄浊的夹带着泥味，并且是咸的。我最清楚记得的是雨后的校园，被太阳晒干以后呈现一片茫茫的白，摸起来是一层白色的结晶盐，饮水与土地的贫乏，常使我在黄昏的校园漫步时，兴起大地苍茫的感叹。

有一次，我带着影响我少年时代思想的一本书——就是沙林杰的《麦田捕手》——到故乡的堤防去看落地生根，正是开花的时节。我想着："这样有生命力的植物，在充满盐分的土地上是不是能够生存呢？"我便随手摘下几片夹在书页里，坐着当天黄昏最后一班客运车赶回学校，第二天就把落地生根种在学生宿舍后面的空地上，让它长在有盐的地上，每天用有盐分的水浇灌。

落地生根的叶子仿佛带着神奇化解盐分的力量，奇迹似的存活了，长得比学校的任何一株植物还要好，在我高三那年的暑假甚至开出风铃一样美丽的花朵。我坐在那些开在角落的落地生根旁边，学校师生都不知道的地方，抓起一把带盐的泥土深深地闻嗅，感动得充满了泪水，我含着泪对自己说："人要活得像一株落地生根，看起来这样卑微，但有生命的尊严；即使长在最贫瘠的土地，也要开出最美丽的花；在石头缝里、在盐分地带，也永远保持生存的斗志。"

我便是带着这种心情，离开了海边的学校。我在学校不算是好学生，但在心底深处却埋下了一颗有理想的种子，像一株不肯妥协的落地生根。

书页里这一片叶子，是十五年前我忘记种在学校的最后一片叶子，遗憾的是，它竟然在书里枯萎。至于它的兄弟，我至今仍然不知是否还活在男生宿舍后面那片荒芜的空地里，或者早已死去，但这些并不重要，因为它伴随那一段艰苦有压力的少年岁月，一起活在我的心中。

我今天能够做出一个坏学生最好的可能，那一条石头堤防，那一片含盐的贫瘠土地，那一株株有力的落地生根，都曾经考验过我、启示过我。

十五年前，我愿意做一株落地生根，现在仍然愿意，并且牢牢默记着自己含泪的少年誓言。

在《麦田捕手》的扉页上，我曾写下这样的几句话：

没有人是一个孤岛，

每个人都是大陆的一部分。

没有岛是一只孤岛，

每只岛都有着共同的天空。

没有鱼是一条孤鱼，

每条鱼都生活在大的海洋。

天下没有一片叶子是孤单的。

只要有土地，植物就能生长。

　　我把最后一片落地生根夹进书中，把书放进书架，十五年就这样过去了，而对我少年时代的怀念却从书架涌动出来，我仿佛看见一个蹲在角落的少年，流泪的、充满热望地看着自己亲手种植的植物，抬头看着广大的、有待创造的天空。

阅读故乡的一百个方法

　　故乡旗山一些热衷文化的朋友告诉我，他们正想尽各种办法要寻找有关故乡的老照片，将来在旗山国民小学的礼堂办一次大展览，并且最好可以出版成书，让镇民们都能看到百年来自己故乡的发展。

　　这个构想是由旗山地方报《蕉城月刊》主编江明树，和"蕉城画会"的林峰吉、林慧卿提出的，动机有几个：一是台湾乡村长久以来人口流失严重，年轻人都向往着到都市讨生活，不知道自己的故乡其实是很美的，以旗山来说，至少可以找到一百个以上美不胜收的地方。二是文化历史的保存，旗山地区从清朝以来就很繁荣，留下了许多古迹，这些古迹在时代的改变中纷纷被拆除，我们应该把尚存的记录下来，把已毁坏的原貌展现给大家知道。

　　在闲聊中，我就提出一个建议，何不征求一百张老照片，然后在老照片的同一个地方、同一个角度，拍一张现在的彩色照片，加一些说明，这样可以加强它的社会性和经济性，看清楚一个小镇是如何变迁的。

　　心直口快的江明树就说："那么，书名可以叫作《日落旗山镇》

或《没落的旗山镇》了。"明树兄是非常热情的人，他时常为小镇的人才没落、文化凋零而感到郁卒。

林峰吉插嘴说："那不行，咱凭良心讲，在某方面来说，旗山还是很不错的，并不一定只有旧的东西才好。像从前妈祖庙口都是摊贩和违章建筑，现在都拆干净了，多么棒，现在还是有比以前清爽的所在。"峰吉兄是"蕉城画会"的健将，美术系毕业，他多年来的志向就是要用笔表现旗山的美，在他笔下的故乡旗山优美无比，看了往往令人震动不已。

"峰吉兄这样讲也有理，"林慧卿说，"我们除了怀旧，也要展望，让大家知道我们旗山也是很有发展的。最好是旧照片也美，新照片也美。"慧卿兄是我初中的同学，他也是立志要画旗山的画家，不过，他的画风没有像峰吉那么甜美，而是非常纠结苦闷，与他本人温文尔雅形成很强的对比，我在看他的画时，总感觉他在内心深处有一块不为人知的、敏感而忧郁的角落。

"你的意见怎么样？"他们问我。

我想，对于故乡，那是不可取代的，我们做这件事，一定要自己真正出自爱故乡，并且希望大家也都来爱自己的故乡。爱故乡是没有问题的，但是很多人不知道故乡美在何处，或只知道三五处。如果能找出一百处，那真的是太棒了。

我说："这本书应该叫作《阅读故乡的一百个方法》，或叫作《阅读旗山的一百个方法》，我们把一百个旗山最美的场景找出来，分头去找老照片，然后找旗山土生土长的摄影家从老照片的角度去拍一张，这样就会做出一本很有趣的书了。"

　　大家听了都很开心，表示同意，要立即着手去进行。这时，欧雪贞小姐来了，欧小姐是我旗山小学的学妹，现在定居在美国乡间，回来过暑假，听说大家有"大事商议"，特地来参加。

　　我们把刚刚的谈话转述了一次，如此如此，这般这般，请她表达一点意见。她说："如果比清洁、卫生、美丽、芳草鲜美，我们旗山是绝对比不上美国的乡间小镇的，但是每年一到放假，我就急着要回来，因为感情是不可取代的，并且每次回来，就看到故乡一些美好的事物，是以前所看不到的。"

　　故乡的美应该是可确定的，老辈的人常说"落叶归根"，那不是说回故乡度晚年等死的意思，而是莫忘本，每一片落叶都不忘记自己的本来之处。落叶犹且如此，树上的新芽当然更不应该忘了。

　　主意既定，去何处找老照片呢？大家七嘴八舌地想到，小学、中学、镇公所、地政事务所、糖厂、杉林管理处、邮局等等，相信这些地方的资料室一定有许多老照片。然后，明树兄还表示要做地毯式的搜索，挨家挨户请大家提供老照片出来，等老照片完整，要拍新的照片就容易了。

　　正当我们热烈讨论的时候，突然听到有人高叫我的名字，因为慧卿兄家的电话和门铃都坏了，出去开门，原来是大哥跑来找我，他满头大汗、气急败坏的样子使我们大吃一惊。

　　原来这时已经是半夜一点了，大哥的女儿和我的儿子相约出来找我回去，尚未回家，大哥的车子被我开走了，他只好步行小路前来，才会满头大汗，他着急地说："有没有看到士琦和亮言？"

　　这下轮到我着急了，立刻把阅读故乡的一百个方法抛在脑后，和大哥开车满街找孩子，找到一点半才颓然而返，这时乡间显得分外的宁静和清冷。

回家告诉妈妈孩子走失了。

妈妈虽然心焦，依然老神在在，说："他们都知道路，小孩子腿慢，再等一下就会回来了。"

果然，没过多久就听见敲门声，两个小朋友欢天喜地地回来了，说是乡间半夜的萤火虫好美，满田满树的。幸好有月光照着小路，他们才可以沿着月光走回家。那铁路旁高大的芒果树是黑夜的地标，使他们知道家的方向。

此时凌晨两点，我和哥哥都松了一口气，不过还是装模作样地叫两个小子去罚跪，半夜十二点还跑出去，是太无规矩了。

没多久，又听见他们的笑声，原来是被祖母解救了，怪不得儿子常说："阿妈是我们的救命恩人。"

我坐在书桌前想把阅读故乡的一百个方法企划写出来，现在可以说有一百零一个方法了，就是在乡下，孩子走失了，不会像城市那么担心。

辑二

来自心海的消息

冰糖芋泥

　　每到冬寒时节，我时常想起幼年时候，坐在老家西厢房里，一家人围着大灶，吃母亲做的冰糖芋泥。事隔廿几年，每回想起，齿颊还会涌起一片甘香。

　　有时候没事，读书到深夜，我也会学着妈妈的方法，熬一碗冰糖芋泥，温暖犹在，但味道已大不如前了。我想，冰糖芋泥对我，不只是一种食物，而是一种感觉，是冬夜里的暖意。

　　成长在台湾"光复"后几年的孩子，对番薯和芋头这两种食物，相信记忆都非常深刻。早年在乡下，白米饭对我们来讲是一种奢想，三餐时，饭锅里的米饭和番薯永远是不成比例的，有时早上喝到一碗未掺番薯的白粥，就会高兴半天。

　　生活在那种景况中的孩子只有自求多福，但最难为的恐怕是妈妈，因为她时刻都在想如何为那简单贫乏的食物设计一些新的花样，让我们不感到厌倦，并增加我们的生活趣味。我至今最怀念的是母亲费尽心机在食物上所创造的匠心和巧意。

　　打从我刚学会走路的时候，就经常在午后的空闲里，随着母亲到田中采摘野菜，她能分辨出什么野菜可以食用，且加以最可口的配方。譬如有一道菜叫"乌莘菜"的，母亲采下那最嫩的芽，用太白粉烧汤，那又浓又香的汤汁我到今天还不敢稍稍忘记。

即使是番薯的叶子，摘回来后剥皮去丝，不管是火炒，还是清煮，都有特别的翠意。

如果遇到雨后，母亲就拿把铲子和竹篮，到竹林中去挖掘那些刚要冒出头来的竹笋。竹林中阴湿的地方常生长着一种可食用的蕈类，是银灰而带点褐色的。母亲称为"鸡肉丝菇"，炒起来的味道真是如同鸡肉丝一样。

就是乡间随意生长的青凤梨，母亲都有办法变出几道不同的菜式。

母亲是那种做菜时常常有灵感的人，可是遇到我们几乎天天都要食用，等于是主食的番薯和芋头则不免头痛。将番薯和芋头加在米饭里蒸煮是很容易的，可是如果天天吃着这样的食物，恐怕脾气再好的孩子都要哭丧着脸。

在我们家，番薯和芋头都是长年不缺的，番薯种在离溪河不远处的沙地，纵在最困苦的年代，也会繁茂地生长，取之不尽，食之不绝。芋头则种在田野沟渠的旁边，果实硕大坚硬，也是四季不缺。

我常看到母亲对着用整布袋装回来的番薯和芋头发愁，然后她开始在发愁中创造，企图用最平凡的食物，来做最不平凡的菜肴，让我们整天吃这两种东西不感到烦腻。

母亲当然把最好的部分留下来掺在饭里，其他的，她则小心翼翼地将之切成薄片，用糖、面粉，和我们自己生产的鸡蛋打成

糊状，薄片蘸着粉糊下到油锅里炸，到呈金黄色的时刻捞起，然后用一个大的铁罐盛装，就成为我们日常食用的饼干。由于母亲故意宝爱着那些饼干，我们吃的时候是用分配的，所以就觉得格外好吃。

即使是番薯有那么多，母亲也不准我们随便取用，她常谈起日据时代空袭的一段岁月，说番薯也和米饭一样重要。那时我们家还用烧木柴的大灶，下面是排气孔，烧剩的火灰落到气孔中还有温热，我们最喜欢把小的红心番薯放在孔中让火烬焖熟，剥开来真是香气扑鼻。母亲不许我们这样做，只有得到奖赏的孩子才有那种特权。

记得我每次考了第一名，或拿奖状回家时，母亲就特准我在灶下焖两个红心番薯以作为奖励；我从灶里探出焖熟的番薯，心中那种荣耀的感觉，真不亚于在学校的讲台上领奖状，番薯吃起来也就特别有味。我们家是个大家庭，我有十四个堂兄弟、四个堂姊，伯父母都是早年去世，由母亲主理家政，到今天，我们都还记得领到两个红心番薯是一个多么隆重的奖品。

番薯不只用来做饭、做饼、做奖品，还能与东坡肉同卤，还能清蒸，母亲总是每隔几日就变一种花样。夏夜里，我们做完功课，最期待的点心是，母亲把番薯切成一寸见方，和凤梨一起煮成的甜汤；酸甜兼具，颇可以象征我们当日的生活。

芋头的地位似乎不像番薯那么重要，但是母亲的一道芋梗做成的菜肴，几乎无以形容；有一回我在台北天津街吃到一道红烧茄子，险险落下泪来，因为这道北方的菜肴，它的味道竟和廿几年前南方贫苦的乡下，母亲做的芋梗极其相似。本来挖了芋头，梗和叶都要丢弃的，母亲却不舍，于是芋梗做了盘中飱，芋叶则用来给我们上学做饭包。

芋头孤傲的脾气和它流露的强烈气味是一样的，它充满了敏感，几乎和别的食物无法相容。削芋头的时候要戴手套，因为它会让皮肤麻痒，它的这种坏脾气使它不能取代番薯，永远是个二副，当不了船长。

我们在过年过节时，能吃到丰盛的晚餐，其中不可少的一样是芋头排骨汤。我想全天下，没有比芋头和排骨更好的配合了，唯一能相提并论的是莲藕排骨，但一浓一淡，风味各殊，人在贫苦的时候，毋宁是更喜爱浓烈的味道。母亲在红烧鲢鱼头时，炖烂的芋头和鱼头相得益彰，恐怕也是天下无双。

最不能忘记的是我们在冬夜里吃冰糖芋泥的经验，母亲把煮熟的芋头捣烂，和着冰糖同熬，熬成迹近晶蓝的颜色，放在大灶上。就等着我们做完功课，给检查过以后，可以自己到灶上舀一碗热腾腾的芋泥，围在灶边吃。每当知道母亲做了冰糖芋泥，我们一回家便赶着做功课，期待着灶上的一碗点心。

冰糖芋泥只能慢慢地品尝，就是在最冷的冬夜，它也每一口都是滚烫的。我们一大群兄弟姊妹站立着围在灶边，细细享受母亲精制的芋泥，嬉嬉闹闹，吃完后才满足地回房就寝。

二十几年时光的流转，兄弟姊妹都因成长而星散了，连老家都因盖了新屋而消失无踪，有时候想在大灶边吃一碗冰糖芋泥都已成了奢想。天天吃白米饭，使我想起那段用番薯和芋头堆积起来的成长岁月，想吃去年腌制的萝卜干吗？想吃雨后的油焖笋尖吗？想吃灰烬里的红心番薯吗？想吃冬夜里的冰糖芋泥吗？有时想得不得了，心中徒增一片惆怅，即使真能再制，即使母亲还同样的刻苦，味道总是不如从前了。

我成长的环境是艰困的，因为有母亲的爱，那艰困竟都化成甜美，母亲的爱就表达在那些看起来微不足道的食物里面。一碗冰糖芋泥其实没有什么，但即使看不到芋头，吃在口中，可以简单地分辨出那不是别的东西，而是一种无私的爱，无私的爱在困苦中是最坚强的。它纵然研磨成泥，但每一口都是滚烫的，是甜美的，在我们最初的血管里奔流。

在寒流来袭的台北灯下，我时常想到，如果幼年时代没有吃过母亲的冰糖芋泥，那么我的童年记忆就完全失色了。

我如今能保持乡下孩子恬淡的本性，常能在面对一袋袋知识的番薯和芋头，知所取舍变化，创造出最好的样式，在烦闷发愁时不失去向前的信心，我确信和我童年的生活有着密切的关系。因为母亲的影子在我心里最深刻的角落，永远推动着我。

葫芦瓢子

在我的老家，母亲还保存着许多十几二十年前的器物，其中有许多是过了时、现在已经毫无用处的东西，有一件，是母亲日日仍用着的葫芦瓢子。她用这个瓢子舀水煮饭，数十年没有换过，我每次看她使用葫芦瓢子，思绪就仿佛穿过时空，回到了我们快乐的童年。

犹记我们住在山间小村的一段日子，在家的后院有一座用竹子搭成的棚架，利用那个棚架，我们种了毛豆、葡萄、丝瓜、瓠瓜、葫芦瓜等一些藤蔓的瓜果，使我们四季都有新鲜的瓜果可食。

其中最有用的是丝瓜和葫芦瓜，结成果实的时候，母亲常常站在棚架下细细地观察，把那些形状最美、长得最丰富的果子留住，其他的就摘下来做菜。

被留下来的丝瓜长到全熟以后，就在棚架下干掉了，我们摘下干的丝瓜，将它剥皮，显出它松轻干燥坚实的纤维，母亲把它切成一节一节的，成为我们终年使用的"丝瓜布"，可以用来洗油污的碗盘和锅铲，丝瓜子则留着隔年播种。采完丝瓜以后，我们把老丝瓜树斩断，在根部用瓶子盛着流出来的丝瓜露，用来洗脸。

一棵丝瓜就这样完全利用了。现在有很多尼龙的刷洗制品称为"菜瓜布",很多化学制的化妆品叫作"丝瓜露",可见得丝瓜旧日在民间的运用之广和深切的魅力。

我们种的葫芦瓜也是一样,等它完全熟透在树上枯干以后摘取,那些长得特别大而形状不够美的,就切成两半拿来当舀水、盛东西的勺子。长得形状均匀美丽的,便在头部开口,取出里面的瓜肉和瓜子,只留下一具坚硬的空壳,可以当水壶与酒壶。

在塑胶还没有普遍使用的农业社会,葫芦瓜的使用很广,几乎成为家家必备的用品,它伴着我们成长。到今天,葫芦瓜的自然传统已经消失,葫芦也成为民间艺品店里的摆饰,不知情的孩子怕是难以想象它是《论语》里"一箪食,一瓢饮,在陋巷,人不堪其忧,回也不改其乐"与人民共呼吸的器物吧!生活在台湾刚光复那几年的人,谁没有尝过"一箪食,一瓢饮"的情境呢?

葫芦的联想在民间有着悠久的历史,许多甚受欢迎的人物,像铁拐李、济公等的腰间都悬着一把葫芦,甚至《水浒传》里的英雄、武侠小说中的丐帮侠客,葫芦更是必不可少。早在《后汉书》的正史也有这样的记载:"市中有老翁卖药,悬一壶于肆头,及市罢,辄跳入壶中,市人莫之见。"

在《云笈七签》中更说:"施存,鲁人,夫子弟子。学大丹之道,三百年,十炼不成,唯得变化之术。后遇张申为云台治官,常悬一壶,如五升器大,化为天地,中有日月,如世间。夜宿其内。"可见民间的葫芦不仅是酒器、水壶、药罐,甚至大到可以涵容天地日月,无所不包。到了乱离之世,仙人腰间的葫芦,常是人民心中希望与理想的寄托，葫芦之为用大矣！

我每回看美国西部电影，见到早年的拓荒英雄自怀中取出扁瓶的威士忌豪饮，就想到中国人挂在腰间的葫芦。威士忌的瓶子再美，都比不上葫芦的美感，这是无可如何的事，因为在葫芦的壶中，有一片浓厚的乡关之情和想象的广阔天地。

母亲还在使用的葫芦瓢子虽没有天地日月那么大，但那是早年农庄生活的一个纪念，当时还没有自来水，我们家引泉水而饮，用竹筒把山上的泉水引到家里的大水缸，水缸上面永远漂浮着一把葫芦瓢子，光滑的、乌亮的、琢磨着种种岁月的痕迹。

现代的勺子有许多精美的制品，我问母亲为什么还用葫芦瓢子，她淡淡地说："只是用习惯了，用别的勺子都不顺手。"可是在我而言，却有许多感触。我们过去的农村生活早就改变了面貌，但是在人们心中，自然所产生的果实总是最可珍惜，一把小小的葫芦瓢子似乎代表了一种心情——社会再进化，人心中珍藏的岁月总不会完全消失。

我回家的时候，喜欢舀一瓢水，细细看着手中的葫芦瓢子，它在时间中老去了，表皮也有着裂痕，但我们的记忆像那瓢子里的清水，永远日明清澈，凉入肺腑。那时候我知道，母亲保有的葫芦瓢子也自有天地日月，不是一勺就能说尽的，我用那把葫芦瓢子时，也几乎贴近了母亲的心情，看到她的爱，以及我们二十多年成长岁月中，母亲的艰辛。

来自心海的消息

　　几天前，我路过一座市场，看到一位老人蹲在街边，他的膝前摆了六条红薯，那红薯铺在面粉袋上，由于是紫红色的，令人感到特别的美。

　　老人用沙哑的声音说："这红薯又叫山药，在山顶掘的，炖排骨很补，煮汤也可清血。"

　　我小时候常吃红薯，就走过去和老人聊天，原来老人住在坪林的山上，每天到山林间去掘红薯，然后搭客运车到城市的市场叫卖。老人的红薯一斤卖四十元，我说："很贵呀！"

　　老人说："一点也不贵，现在红薯很少了，有时要到很深的山里才找得到。"

　　我想到从前在物质匮乏的时候，我们也常到山上去掘野生的红薯，以前在乡下，红薯是粗贱的食物，没想到现在竟是城市里的珍品了。

　　买了一个红薯，足足有五斤半重，老人笑着说："这红薯长到这样大要三四年时间呢！"老人哪里知道，我买红薯是在买一些已经失去的回忆。

提着红薯回家的路上，看到许多人排队在一个摊子前等候，好奇走上前去，才知道他们是排队在买"番薯糕"。

番薯糕是把番薯煮熟了，捣烂成泥，拌一些盐巴，捏成一团，放在锅子上煎成两面金黄，内部松软，是我童年常吃的食物，没想到在台北最热闹的市集，竟有人卖，还要排队购买。

我童年的时候非常贫困，几乎每天都要吃番薯，母亲怕我们吃腻，把普通的番薯变来变去，有几样番薯食品至今仍然令我印象深刻，一个就是"番薯糕"，看母亲把一块块热腾腾的、金黄色的番薯糕放在陶盘上端出来，至今仍使我怀念不已。

另一种是番薯饼，母亲把番薯弄成签，裹上面粉与鸡蛋调成的泥，放在油锅中炸，也是炸到通体金黄时捞上来。我们常在午后吃这道点心，孩子们围着大灶等候，一捞上来，边吃边吹气，还常烫了舌头，母亲总是笑骂："天鬼！"

还有一种是在消夜时吃的，是把番薯切成丁，煮甜汤，有时放红豆，有时放凤梨，有时放点龙眼干，夏夜时，我们总在庭前晒谷场围着听大人说故事，每人手里一碗番薯汤。

那样的时代，想起来虽然心酸，却有一种难以言说的幸福。我父亲生前谈到那段时间的物质生活，常用一句话形容："一粒日螺煮九碗公汤！"

今天随人排队买一块十元的番薯糕，特别使我感念为了让我们喜欢吃番薯，母亲用了多少苦心。

卖番薯糕的人是一位少妇，说她来自宜兰乡下，先生在台北谋生，为了贴补家用，想出来做点小生意，不知道要卖什么，突然想起小时候常吃的番薯糕，在糕里多调了鸡蛋和奶油，就在市场里卖起来了。她每天只卖两小时，天天供不应求。

我想，来买番薯糕的人当然有好奇的，大部分则基于怀念，吃的时候，整个童年都会从乱哄哄的市场，寂静深刻地浮现出来吧！

"番薯糕"的隔壁是一位提着大水桶卖野姜花的老妇，她站的位置刚好，使野姜花的香正好与番薯糕的香交织成一张网，我则陷入那美好的网中，看到童年乡野中野姜花那纯净的秋天！

这使我想起不久前，朋友请我到福华饭店去吃台菜，饭后叫了两个甜点，一个是芋仔饼，一个是炸香蕉，都是我童年常吃的食物；当年吃这些东西是由于芋头或香蕉生产过剩，根本卖不出去，母亲想法子让我们多消耗一些，免得暴殄天物。

没想到这两样食物现在成为五星级大饭店里的招牌甜点，价钱还颇不便宜，吃炸香蕉的人大概不会想到，一盘炸香蕉的价钱在乡下可以买到半车香蕉吧！

时代真是变了，时代的改变，使我们检证出许多事物的珍贵或卑贱、美好或丑陋，只是心的感觉而已，它并没有一个固定的面目。心如果不流转，事物的流转并不会使我们失去生命价值的思考；而心如果浮动，时代一变，价值观就变了。

克勤圆悟禅师去拜见真觉禅师时，真觉禅师正在生大病，膀子上生疮，疮烂了，血水一直流下来，圆悟去见他，他指着膀上流下的脓血说："此曹溪一滴法乳。"

圆悟大疑，因为在他的心中认定，得道的人应该是平安无事、欢喜自在，为什么这个师父不但没有平安，反而指说脓血是祖师的法乳呢？

于是说："师父，佛法是这样的吗？"真觉一句话也不说，圆悟只好离开。

后来，圆悟参访了许多当代的大修行者，虽然每个师父都说他是大根利器，他自己知道并没有开悟。最后拜在五祖法演的门下，把平生所学的都拿出来请教五祖，五祖都不给他印可，他愤愤不平，背弃了五祖。

他要走的时候，五祖对他说："待你着一顿热病打时，方思量我在！"

满怀不平的圆悟到了金山，染上伤寒大病，把生平所学的东西全拿出来抵抗病痛，没有一样有用的，因此在病床上感慨地发誓："我的病如果稍微好了，一定立刻回到五祖门下！"这时的圆悟才算真实的知道为什么真觉禅师把脓血说成是法乳了。

圆悟后来在五祖座下，有一次听到一位居士来向师父问道，五祖对他说："唐人有两句小艳诗与道相近：频呼小玉原无事，只要檀郎认得声。"居士有悟，五祖便说："这里面还要仔细参。"

圆悟后来问师父说："那居士就这样悟了吗？"

五祖说："他只是认得声而已！"

圆悟说："既然说只要檀郎认得声，他已经认得声了，为什么还不是呢？"

五祖大声地说："如何是祖师西来意？庭前柏树子！去！"

圆悟心中有所省悟，突然走出，看见一只鸡飞上栏杆，鼓翅而鸣，他自问道："这岂不是声吗？"

于是大悟，写了一首偈，金鸭香销锦绣帏，笙歌丛里醉扶归；少年一段风流事，只许佳人独自知。

我很喜欢这个故事，特别是真觉对圆悟说自己的脓血就是曹溪的法乳，还有后来"见鸡飞上栏杆，鼓翅而鸣"的悟道。那是告诉我们，真实的智慧是来自平常的生活，是心海的一种体现，如果能听闻到心海的消息，一切都是道，番薯糕，或者炸香蕉，在童年穷困的生活与五星级大饭店的台面上，都是值得深思的。

圆悟曾说过一段话，我每次读了，都感到自己是多么的庄严而雄浑，他说：

　　山头鼓浪，井底扬尘；

　　眼听似震雷霆，耳观如张锦绣。

　　三百六十骨节，一一现无边妙身；

　　八万四千毛端，头头彰宝王刹海。

　　不是神通妙用：亦非法尔如然；

　　苟能千眼顿开，直是十方坐断。

心海辽阔广大，来自心海的消息是没有五官，甚至是无形无相的，用眼睛来听，以耳朵观照，在每一个骨节、每一个毛孔中都有庄严的宝殿呀！

夜里，我把紫红色的红薯煮来吃，红薯煮熟的质感很像汤圆，又软又 Q，想起很久很久以前在晒着谷子的庭院吃红薯汤，突然看见一只鸡飞上栏杆，鼓翅而鸣。

呀！这世界犹如少女呼叫情郎的声音那样温柔甜蜜，来自心海的消息看这现成的一切，无不显得那样的珍贵、纯净，而庄严！

满天都是小星星

　　夜晚沿着仁爱路的红砖道散步，正是春夜晴好。仁爱路上盛放着橙色的木棉花，叶已全数落尽，木棉树的枝丫呈着接近黑的褐色，仿佛已经干去一般，它唯一还证明自己活着的，是那些有强硬花瓣的，在夜风中微微抖动的花朵。

　　到了二段以后，木棉少了，只有安全岛上的椰子树孤单而高傲地探触着天空一角。不知道为什么，我总觉得城市里的木棉与椰子树是兄弟一样的品种，不开花的时候，往往使我们忘记它的存在，但是它们却一年年活了下来，互相看守道路，在寂寞的时候互相对应。

　　有时我追索着为什么把它们当成相同的品种，是因为长久的观察，使我知道，在都市的木棉与椰子是永不结果的。如果在我的故乡，春末的木棉花开过后并不掉落，它们在树上结成棉果，熟透之后就在树上爆裂，木棉的棉絮如冬天第一场细雪，随风飘落。每一片乳白的木棉絮都连着一粒黑色的种子，随风落处只要是有土的所在，第二年就长出木棉树的嫩芽。所以我们常会在水田中看到一株孤零零的木棉耸立，那可能是几里外另一株木棉飘过来的种子。

到了夏天，是椰子结实的时候，那时椰子纷纷"放花"完成，饱满青苍色的椰子好像用起重机高高地升到树顶上。但是收采椰子的时候，农人常常留下几棵最强壮的椰子做种，等到椰子内部长成实心的时候才采收下来，埋在地下，不久就长芽抽放；如果将它放在大盆子里，每天浇点清水，椰子也照样发芽，然后运送到城市，成为充满绿意的盆栽。

记得我故乡的国民小学，沿着低矮的围墙就种满了椰子树，门口的两株长得格外高大，那椰子树是父亲读小学时就有的，后来我才知道整个校园的椰子树全是由门口的两株传种，一个校园的上百株椰子树事实上是一个庞大的家族，有着血亲的关系。每次想到那一群椰子，都给我一种莫名的感动。

如今在仁爱路上的椰子，不要说结实传种，它们甚至是不开花的，只有站在安全岛的一角，默默倾听路过的车声。

过了临沂街右转，就走进铜山街的巷子，走进了我生命中的一段历史。

十几年前我初到台北，虽然心中有着向新环境开拓的想法，但从偏远的乡间突然进入这样的大城，不免有一种惶惑和即将迷失的恐惧。我从台北车站小心翼翼地坐上零南公车，特别交代车掌小姐在临沂街口让我下车，我坐在车掌身后的位子上，张皇地看着窗外的景物，直到看见了仁爱路上的椰子和木棉才稍稍放松心情。

公车到站的时候，就读小学三年级的大侄女，在站牌上等我，

带我到堂哥家里。堂哥当时住在铜山街三十三巷一号，是一个两百坪的日式平房，屋前的庭园种了正在盛开的花草，门口的两边各种了一株数丈高的椰子树，那时正结满了椰子。屋后的院子是水泥地，让小孩子玩耍。

初到台北时寄住在堂哥家里，他让我住在庭园边的小房间，每天从窗口都能看见那两株高大到几乎难以攀爬的椰子树。那时的堂哥正当盛年，意气十分风发，拥有一家规模极大的石棉工厂，和一家中型的水泥厂，他曾在故乡担任过一届县议员两届省议员，是普遍受到尊敬的。我非常敬爱他，虽然我们年龄相差很大，观念也不太能沟通，甚至在家里也很少交谈，但是我每天看他清晨在园中浇水，然后爱惜地抚摸椰子树干，心里就充满了感动。

有一次我们坐在一起听音乐，同时看着窗外，目光不约而同落在椰子树上，堂哥的脸上突然流过孩子一般天真的笑容，对我说："你看，这椰子是不是长得和家乡种的一样好？有人说台北的椰子不结果，我种的一年可以生一百多粒呢！"我点头表示同意，他随即感喟地说："可惜这椰子长得太瘦了，没有我们家的强壮。"

接着我们沉默起来，让黄昏逐渐退去，黑暗慢慢地流进来。

我找到过去住的铜山街，门牌的号码早就更换了，堂哥的房子被铲平，盖成一栋七层的大楼，不要说椰子树，连一朵花都看不见了。

我在堂哥家住了一年，直到我考上郊区的学校才搬走。接着是台北一次空前的经济低潮，堂哥的事业纷纷因负债而被拍卖，甚至连住的房子都保不住。房子要卖之前我去看他，他仍像往常一样乐观，反过来安慰我："难不成我回家种田就是了。只是这两丛椰子砍掉，实在可惜。"

那一次卖房子对堂哥的打击很大，他的身子没有以前健朗，加上租屋居住，时常搬家，使他的性格也变得忧郁了。他把最后的积蓄投资建筑业，奋力一搏，没想到遭逢建筑业不景气，反而使他一病不起。

他过世的前几天，我到医院看他，他从沉沉的午睡中惊醒，那时他的耳朵重听，身体已不能动了，说话十分吃力，看到我却笑了一下，我俯身听他说话，他竟说："我刚刚做了一个梦，梦见乡下的粉肠和红糟肉，你小时候我带你去吃过的，真是好吃。"说完，失神的眼睛仿佛转回了故乡那一担以卖粉肠和红糟肉闻名的小摊。

第二天，我带粉肠和红糟肉给他吃，他只各吃了一口，就流下泪来，把东西放在病床一角，微弱地说："真是不如我们乡下的呀！"他默默地流泪，一句话也不肯再说。

一个星期后，堂哥过世了。

他留下来的最后一句话是："赶快把我送回乡下去埋葬吧！墓前种两丛椰子树。"

堂哥留下四个孩子，当年在站牌等我的大侄女，如今已是大学四年级的学生，时间就这样流逝，好像清晰如昨日的事，没想到已经十几年了。

静夜里我常想起堂哥的一生，想到他和椰子树那不为人知的情感，令我悲伤莫名。或者他就是乡间移植到城市的一株椰子树，经过努力的灌溉，虽然也结果，却不免细瘦，在整个城市与时间的流转中，默默地消失了。

我沿着铜山街，一步一步地走到底，整条街竟看不见一株椰子树，而仁爱路上的那些，是没有一株会结果的。

走出铜山街，抬头见到满天的小星星，忆起童年常唱的两句歌词："一闪一闪亮晶晶，满天都是小星星。"星星还是一样的星星，可是星星知道什么呢？星星知道人世里的一株树有时就会令人落泪吗？

我突然强烈地思念着故乡，想起故乡木棉和椰子那落地生根的力量，想起堂哥犹新的墓园，以及前面那两株栽种不久还显得娇嫩的椰子树。

等到那椰子成熟，会不会长出更多的椰子树呢？那上面，永远都会有微笑闪动光明的星星吧！

卡其布制服

过年的记忆，对一般人来说当然都是好的，可是当一个人无法过一个好年的时候，过年往往比平常带来更深的寂寞与悲愁。

有一年过年，当我听母亲说那一年不能给我们买新衣新鞋，忍不住跑到院子里靠在墙砖上哭了出声。

那一年我十岁，本来期待着在过年买一套新衣已经期待了几个月。在那个年代，小孩子几乎是没有机会穿新衣的，我们所有的衣服鞋子都是捡哥哥留下的，唯一的例外是过年，只有过年时可以买新衣服。

其实新衣服也不见得是漂亮的衣服，只是买一件当时最流行的特多龙布料制服罢了。但即使这样，有新衣服穿是可以让人兴奋好久的，我到现在都可以记得当时穿新衣服那种颤抖的心情，而新衣服特有的棉香气息，到现在还依稀留存。

在乡下，过年给孩子买一套新制服竟成为一种时尚，过年那几天，满街跑着的都是特多龙的卡其制服，如果没有买那么一件，真是自惭形秽了。差不多每一个孩子在过年没有买新衣，都要躲起来哭一阵子，我也不例外。

那一次我哭得非常伤心，后来母亲跑来安慰我，说明不能给我们买新衣的原因。因为那一年年景不好，收成抵不上开支，使我们连杂货店里日常用品的欠债都无法结清，当然不能买新衣了。

我们家是大家庭，一家子有三十几口，那一年尚未成年的兄弟姊妹就有十八个，一人一件新衣，就是最廉价的，也是一大笔开销。

那一年，我们连年夜饭都没吃，因为成年的男人都跑到外面去躲债了，一下子是杂货店、一下子是米行、一下子是酱油店跑来收账，简直一点解决的方法也没有，那些人都是殷实的小商人，我们家也是勤俭的农户，但因为年景不好，却在除夕那天相对无言。

当时在乡下，由于家家户户都熟识，大部分的商店都可以赊欠的，每半年才结算一次，因此过年前几天，大家都忙着收账，我们家人口众多，每一笔算起来都是不小的数目，尤其在没有钱的时候，听来更是心惊。

有一个杂货店老板说："我也知道你们今年收成不好，可是欠债也不能不催，我不催你们，又怎么去催别人呢？"

除夕夜，大人到半夜才回到家来，他们已经到山上去躲了几天，每个人都是满脸风霜，沉默不言，气氛非常僵硬。依照习俗，过年时的欠债只能催讨到夜里子时，过了子时就不能讨债，一直要到初五"隔开"时，才能再上门要债。爸爸回来的时候，我们总算松了一口气，那时就觉得，没有新衣服穿也不是什么要紧，只要全家人能团聚也就好了。

第二天，爸爸还带着我们几个比较小的孩子到债主家拜年，每一个人都和和气气，仿佛没有欠债的那一回事，临走时，他们总是说："过完年再来交关吧！"

对于中国人的人情礼仪，我是那一年才有一些些懂了，在农村社会，信用与人情都是非常重要的，有时候不能尽到人情，但由于过去的信用，使人情也并未被破坏。当然，类似"跑债"的行为，也只反映了人情的可爱，因为在双方的心里，其实都知道那一笔债是不可能跑掉的。土地在那里，亲人在那里，乡情在那里，都是跑不掉的。

对生活在都市里的、冷漠的现代人，几乎难以想象三十年前乡下的人情与信用，更不用说对过年种种的知悉了。

对农村社会的人，过年的心比过年的形式重要得多，记得我小时候，爸爸在大年初一早上到寺庙去行香，然后去向亲友拜年，下午他就换了衣服，到田里去巡田水，并看看作物生长的情况，大年初二也是一样，就是再松懈，也会到田里走一两回，那也不尽然是习惯，而是一种责任，因为，如果由于过年的放纵，使作物败坏，责任要如何来担呢？

所以心在过年，行为并没有真正地休息。

那一年过年，初一下午我就随爸爸到田里去，看看稻子生长的情形，走累了，爸爸坐下来把我抱在他的膝上，说："我们一起向上天许愿，希望今年风调雨顺、国泰民安，大家都有好收成。"我便闭起眼睛，专注地祈求上天，保佑我们那一片青翠的田地，许完愿，爸爸和我都流出了眼泪。我第一次感觉到人与天地有着深厚的关系，并且在许愿时，我感觉到愿望仿佛可以达成。

开春以后，家人都很努力工作，很快就把积欠的债务，在春天第一次收成里还清。

那一年的年景到现在仍然非常清晰，当时礼拜菩萨时点燃的香，到现在都还在流荡。我在那时初次认识到年景的无常，人有时甚至不能安稳地过一个年，而我也认识到，只要在坏的情况下，还维持人情与信用，并且不失去伟大的愿望，那么再坏的年景也不可怕。

如果不认识人的真实，没有坚持的愿望，就是天天过年，天天穿新衣，又有什么意思呢?

散步去吃猪眼睛

不久前，在家附近的路上散步，发现转来转去的一条小巷尽头，新开张了一家灯火微明的小摊，那对摊主夫妇，就像我们在任何巷子任何小摊上见到的主人一样，中年发福的身躯，满满的善意微笑堆在胖盈盈的脸上，热情地招呼着往来过路的客人。

摊子上卖的食物也极平常，米粉汤、臭豆腐、担仔面、海带卤蛋猪头皮，甚至还有红露酒，以及米酒加保力达 B，是那种随时随意小吃细酌的地方，我坐下来，叫了一些小菜一杯酒，才发现这个小摊子上还卖猪眼睛、猪肺、猪肝连——这三样东西让我很震惊，因为它们关联了我童年的一段记忆。

我便就着四十烛光的小灯，喝着米酒，吃着那几种平凡而卑微的小菜，想起小菜内埋藏的辛酸滋味。

童年的时候家住在偏远的乡下，家不远处有一个小小的市场，市场口不知道什么时候就成了个去吃点心夜宵的摊子，哥哥和我经常到市场口去玩，去看热闹，去看那些蹲踞在长板凳条上吃夜宵的乡人，我们总是咽着口水，站在远远的地方看着。对于经常吃番薯拌饭的乡下穷孩子，吃夜宵仿佛是一个相当遥远的梦想。

有时候站得太近了，哥哥总会紧紧拉着我的手，匆匆从市场口离开。

后来，哥哥想了一个办法，每在星期假日就携着我的手到家后面的小溪摸蛤。那条宁静轻浅的小溪生产着数量丰富的蛤仔、泥鳅和鱼虾。我们找来一个旧畚箕，溯着溪流而上，一段一段地清理溪中的蛤仔，常常忙到太阳西下，就能摸到几斤重的蛤仔，我们把蛤仔批售给在市场里摆海鲜摊位的"蚵仔伯"，换来一些零散的角子，我们把那些钱全瞒着爸妈存在锯空的竹筒里。

秋天的时候，我们就爬到山上去捡蝉壳，透明的蝉壳粘挂在野生的相思树上，有时候挂得累累的像初生不久的葡萄；有时候我们也抓蜈蚣、蛤蟆，全部集中起来卖给街市里的中药铺，据说蝉壳、蜈蚣、蛤蟆都可以用来做中药，治那些患有皮肤病的人。

有时我们跑到更远的地方，去捡到处散置的破铜烂铁，以一斤五毛钱的价格卖给收旧货的摊子。

春天是我们收入最丰盛的时间，稻禾初长的时候，我们沿着田沟插竹枝，竹子上用钓钩钩住小青蛙，第二天清晨就去收那些被钩在竹枝上的田蛙，然后提到市场去叫卖；稻子长成收割了，我们则和一群孩童到稻田中拾穗仔，那些被农人遗落在田里的稻穗，是任何人都可以去捡拾的，还有专门收购这些稻穗的人。

甘蔗收成完了，我们就到蔗田捕田鼠，把田鼠卖给煮野味的小店，或者是灌香肠的贩子。后来我们有了一点钱，哥哥带我去买一张捕雀子的网，就挂在稻田的旁边，捕捉进网的小麻雀，运气好的话还可以捉到野斑鸠或失群的鸽子。

我们那些一点一滴的收入全变成角子，偷偷地放置在我们共有的竹筒里，竹筒的钱愈积愈多，我们时常摇动竹筒，听着银钱在里面喧哗的响声，高兴得夜里都难以入眠。

哥哥终于做了一个重大决定，说："我们到市场口去吃夜宵。"我们商量一阵，把日期定在布袋戏《大侠—江山》到市场口公演的那一天。日子到的时候，我们剖开竹筒，铜板们像不能控制的潮水哗啦啦散了一地，差一点没有高声欢呼起来，哥哥捧着一堆铜板告诉我："这些钱我们可以吃很多夜宵了。"

我们各揣了一口袋的铜板到市场口，决定好好大吃一顿，挤在人丛里看《大侠—江山》，心却早就飞到卖小吃的地方了。

戏演完了，我们学着乡人的样子，把两只脚踩蹲在长条凳上，各叫一碗米粉汤，然后就不知道要吃什么才好，又舍不得花钱，憋了很久，哥哥才颤颤地问："什么肉是最便宜的？"胖胖的老板娘说："猪眼睛、猪肺、猪肝连都很便宜。"

"各来两块钱吧！"我和哥哥异口同声地说。

那天夜里我们吹着口哨回家——我们终于吃过夜宵了，虽然那要花掉我们一个月辛苦工作的成绩。猪眼睛、猪肺、猪肝连都是一般人不吃的东西，我们却觉得有说不出的美味，那种滋味恐怕也说不清楚，大概是我们吃着自己血汗付出的代价吧！

后来我们每当工作了一段时间，哥哥就会说："我们去吃猪眼睛吧！"我们就携着手走出家门前幽长的巷子，有很好的兴致在乡道上散步，我们会停下来看光辉闪照的月亮，会充满喜乐地辨认北极星的方位，觉得人生的一切真是美好，连噪呱的蛙鸣都好听——没有特别的原因，只是因为我们要散步去吃猪眼睛。

有一次我们存了一点钱，就想到戏院里看正在上映的电影，看电影对我们也是一种奢侈，平常我们都是去捡戏尾仔，或者在戏院门口央求大人带我们进去，这一次我们终于可以用自己赚来的钱去看电影了。

到电影院门口，我们才知道看一场电影竟要一块半，而我们身上只有两块钱，哥哥买了一张票，说："你进去看吧，我在外面等你，你出来后再告诉我演些什么。"我说："哥，还是你进去看，你脑子好，出来再说故事给我听。"两人争执半天，我拗不过哥哥，进去看那场电影，演的是日本电影《黄金孔雀城》，那是个热闹的电影，可是我怎么也看不下去，只是惦记着坐在戏院外面台阶上的哥哥，想到为什么我们不能一起坐着看电影呢？

电影没看完我就跑出来，看到哥哥冷清的背影，支着肘不知在想什么事情，戏院外不知何时下起细雨来的，雨丝飘飘地淋在哥哥理光的头颅上。

"戏演完了？"哥哥看到我的时候说。

我摇摇头。

"这个戏怎么这样短，别人为什么都没有出来？"

我又摇摇头。

"演些什么？好不好看？"

我忍着一泡泪，再摇摇头。

"你怎么搞的嘛？戏到底演些什么？"哥哥着急地询问着。

"哥哥……"我忍不住号啕大哭起来，一句话也说不清楚。我们就相拥着在戏院门口的微雨中哭泣起来，哭了半天，哥哥说："下次不要再花钱看电影了，还是去吃猪眼睛好。"我们就在雨里散步走回家，路过市场口，都禁不住停下来看着那个卖猪眼睛的摊子。

经过这么多年，我完全记不得第一次自己花钱看的电影演些什么，然而哥哥穿着小学卡其制服，理得光光的头颅，淋着雨冷清清的背影却永不能忘，愈是冲刷愈有光泽。

自从发现住家附近有了卖猪眼睛的摊子，我就时常带着妻子去吃猪眼睛，并和她一起回忆我那虽然辛苦却色泽丰富的童年，我们时常无言地散步，沿着幽暗的巷子走到尽头去吃猪眼睛，仿佛一口口吃着自己的童年。

每当我工作辛苦，感到无法排遣的时候，就在散步去吃猪眼睛的路上，我会想起在溪流中、在山林上、在稻田里的我最初的劳动，并且想起我敬爱的哥哥童年时代坐在戏院门口等我的背影。这些旧事使我充满了力量，觉得人生大致上还是美好的，即使猪眼睛也有说不出的美味。

期待父亲的笑

父亲躺在医院的加护病房里，还殷殷地叮嘱母亲不要通知远地的我，因为他怕我在台北工作担心他的病情。还是母亲偷偷叫弟弟来通知我，我才知道父亲住院的消息。

这是典型的父亲的个性，他是不论什么事总是先为我们着想，至于他自己，倒是很少注意。我记得在很小的时候，有一次父亲到凤山去开会，开完会他到市场去吃了一碗肉羹，觉得是很少吃到的美味，他马上想到我们，先到市场去买了一个新锅，买一大锅肉羹回家。当时的交通不发达，车子颠簸得厉害，回到家时肉羹已冷，且溢出了许多，我们吃的时候已经没有父亲所形容的那种美味。可是我吃肉羹时心血沸腾，特别感到那肉羹是人生难得，因为那里面有父亲的爱。

在外人的眼中，我的父亲是粗犷豪放的汉子，只有我们做子女的知道他心里极为细腻的一面。提肉羹回家只是一端，他不管到什么地方，有好的东西一定带回给我们，所以我童年时代，父亲每次出差回来，总是我们最高兴的时候。

他对母亲也非常体贴，在记忆里，父亲总是每天清早就到市场去买菜，在家用方面也从不让母亲操心。这三十年来我们家都是由父亲上菜场，一个受过日式教育的男人，能够这样内外兼顾是很少见的。

父亲的青壮年时代虽然受过不少打击和挫折，但我从来没有看过父亲忧愁的样子。他是一个永远向前的乐观主义者，再坏的环境也不皱一下眉头，这一点深深地影响了我，我的乐观与韧性大部分得自父亲的身教。父亲也是个理想主义者，这种理想主义表现在他对生活与生命的尽力，他常说："事情总有成功和失败两面，但我们总是要往成功的那个方向走。"

由于他的乐观和理想主义，他成为一个温暖如火的人，只要有他在就没有不能解决的事，就使我们对未来充满了希望。他也是个风趣的人，再坏的情况下，他也喜欢说笑，他从来不把痛苦给人，只为别人带来笑声。

小时候，父亲常带我和哥哥到田里工作，透过这些工作，启发了我们的智慧。例如我们家种竹笋，在我没有上学之前，父亲就曾仔细地教我怎么去挖竹笋，怎么看土地的裂痕，才能挖到没有出青的竹笋。二十年后我到竹山去采访笋农，曾在竹笋田里表演了一手，使得笋农大为佩服。其实我已二十年没有挖过笋，却还记得父亲教给我的方法，可见父亲的教育对我影响多么大。

由于是农夫，父亲从小教我们农夫的本事，并且认为什么事都应从农夫的观点出发。像我后来从事写作，刚开始的时候，父亲就常说："写作也像耕田一样，只要你天天下田，就没有不收成的。"他也常叫我不要写政治文章，他说："不是政治性格的人去写政治文章，就像种稻子的人去种槟榔一样，不但种不好，而且常会从槟榔树上摔下来。"

他常教我多写些于人有益的文章，少批评骂人，他说："对人有益的文章是灌溉施肥，批评的文章是放火烧山；灌溉施肥是人可以控制的，放火烧山则常常失去控制，伤害生灵而不自知。"他叫我做创作者，不要做理论家，他说："创作者是农夫，理论家是农会的人。农夫只管耕耘，农会的人则为了理论常会牺牲农夫的利益。"

父亲的话中含有至理，但他生平并没有写过一篇文章。他是用农夫的观点来看文章，每次都是一语中的，意味深长。

有一回我面临了创作上的瓶颈，回乡去休息，并且把我的苦恼说给父亲听。他笑着说："你的苦恼也是我的苦恼，今年香蕉收成很差，我正在想明年还要不要种香蕉，你看，我是种好呢？还是不种好？"我说："你种了四十多年的香蕉，当然还要继续种呀！"

他说："你写了这么多年，为什么不继续呢？年景不会永远坏的。假如每个人写文章写不出来就不写了，那么，天下还有大作家吗？"

我自以为在写作上十分用功，主要是因为我生长在世代务农的家庭。我常想：世上没有不辛劳的农人，我是在农家长大的，为什么不能像农人那么辛劳？最好当然是像父亲一样，能终日辛劳，还能利他无我，这是我写了十几年文章时常反躬自省的。

母亲常说父亲是劳碌命，平日总闲不下来，一直到这几年身体差了还时常往外跑，不肯待在家里好好休息。他是那一种有福不肯独享，有难愿意同当的人。

他年轻时身强体壮，力大无穷，每天挑两百斤的香蕉来回几十趟还轻松自在。我还记得他的脚大得像船一样，两手摊开时像两个扇面。一直到我上初中的时候，他一手把我提起还像提一只小鸡，可是也是这样棒的身体害了他，他饮酒总不知节制，每次喝酒一定把桌底都摆满酒瓶才肯下桌，喝一打啤酒对他来说是小事一桩，就这样把他的身体喝垮了。

在六十岁以前，父亲从未进过医院，这三年来却数度住院，虽然个性还是一样乐观，身体却不像从前硬朗了。这几年来如果说我有什么事放心不下，那就是操心父亲的健康，看到父亲一天天消瘦下去，真是令人心痛难言。

父亲有五个孩子，这里面我和父亲相处的时间最少，原因是我离家最早，工作最远。我十五岁就离开家乡到台南求学，后来到了台北，工作也在台北，每年回家的次数非常有限。近几年结婚生子，工作更加忙碌，一年更难得回家两趟，有时颇为自己不能孝养父亲感到无限愧疚。父亲很知道我的想法，有一次他说："你在外面只要向上，做个有益社会的人，就算是有孝了。"

母亲和父亲一样，从来不要求我们什么，她是典型的农村妇女，一切荣耀归给丈夫，一切奉献都给子女，比起他们的伟大，我常觉得自己的渺小。

我后来从事报导文学，在各地的乡下人物里，常找到父亲和母亲的影子，他们是那样平凡、那样坚强，又那样的伟大。我后来的写作里时常引用村野百姓的话，很少引用博士学者的宏论，

因为他们是用生命和生活来体验智慧，从他们身上，我看到了最伟大的情操，以及文章里最动人的素质。

我常说我是最幸福的人，这种幸福是因为我童年时代有好的双亲和家庭，我青少年时代有感情很好的兄弟姐妹；进入中年，有许多知心的朋友。我对自己的成长总抱着感恩之心，当然这里面最重要的基础是来自于我的父亲和母亲，他们给了我一个乐观、关怀、良善、进取的人生观。

我能给他们的实在太少了，这也是我常深自忏悔的。有一次我读到《佛说父母恩重难报经》，佛陀这样说：

假使有人，为了爹娘，手持利刀，割其眼睛，献于如来，经百千劫，犹不能报父母深恩。

假使有人，为了爹娘，亦以利刀，割其心肝，血流遍地，不辞痛苦，经百千劫，犹不能报父母深恩。

假使有人，为了爹娘，百千刀戟，一时刺身，于自身中，左右出入，经百千劫，犹不能报父母深恩……

读到这里，不禁心如刀割，涕泣如雨。这一次回去看父亲的病，想到这本经书，在病床边强忍着要落下的泪，这些年来我是多么不孝，陪伴父亲的时间竟是这样的少。

母亲也是，有一位也在看护父亲的郑先生告诉我："要知道你父亲的病情，不必看你父亲就知道了，只要看你妈妈笑，就知道病情好转，看你妈妈流泪，就知道病情转坏，他们的感情真是好。"

　　为了看顾父亲，母亲在医院的走廊打地铺，几天几夜都没能睡个好觉。父亲生病以后，她甚至还没有走出医院大门一步，人瘦了一圈，一看到她的样子，我就心疼不已。

　　但愿，但愿，但愿父亲的病早日康复。以前我在田里工作的时候，看我不会农事，他会跑过来拍我的肩说："做农夫，要做第一流的农夫；写文章，要写第一流的文章；做人，要做第一等人。"然后觉得自己太严肃了，就说："如果要做流氓，也要做大尾的流氓呀！"然后父子两人相顾大笑，笑出了眼泪。

　　我多么怀念父亲那时的笑。

　　也期待再看父亲的笑。

今天的落叶

小时候，家后面有一大片树林，起风的时候，林中的树叶随风飘飞，有时会飞入厅堂和灶间。因此，爸爸规定我们，上学之前要先去树林扫落叶，扫干净了，才可以去上学。

天刚亮的时刻起床扫落叶，是一件苦事，特别是在秋冬之际，林间的树木好像互相约定似的，总是不停地有叶子落下来。

我们农家的孩子，一向不敢抱怨爸爸的规定，但要清晨扫地，心里还是有怨的，只能用脸上的表情来表达。有一天，爸爸正要下田工作，看到我们"面傲面臭"的样子，就把我们通通叫过去，说："扫地扫得这么艰苦，来！爸爸教你们一个简单的方法，以后扫地之前先把树摇一摇，把明天的叶子先摇下来，两天扫一次就好了。"

我们一听，兴奋得不得了，对呀！这么棒的想法，我们怎么从来没有想过呢？我说："爸！这么赞的方法，怎么不早说呢？"爸爸面露微笑，扛着他的长扫刀到香蕉园去了。

第二天，我们起得比平常更早，扫地之前先去摇树，希望把明天的叶子先摇下来，摇到一大半已经满头大汗，才发现原来摇树比扫地更累，特别是要把第二天的叶子摇落，真是不简单。当我们树也摇好了，地也扫干净了，正坐在庭院里休息时，一阵风吹来，叶子又纷纷掉落，这使我们感到非常惊异：奇怪！这样的事情怎么会发生呢？

坐在一旁的哥哥说："可能是摇的力气太小的关系，明天我们更用力来摇。"弟弟说："是呀,是呀！最好把后天的也摇下来。"我说："如果能把七天的叶子一起摇下来，那我们一星期扫一次就好了。"第三天，我们起得更早、更用力地摇树，希望把七天的树叶都摇下来，我们就会过着幸福快乐的日子了。非常奇怪的是，不论我们用多大的力量摇树，第二天的树叶也不会在今天落下来，爸爸看见我们苦恼的样子，才安慰我们说："憨囝仔，一天把一天的工作做好，工作才会实在，想要一天做两天的工作，是在奢想呀！"

原来，在树林里并没有"明天的树叶"可扫，虽然，明天的树叶一定会落下来，今天能把今天的树叶扫完，也就好了。童年扫落叶的经验给我很好的启示，我们生活中所面临的一切不也是这样吗？未来虽然有远大的梦想，活在当下、活在此刻、活在今天，才是生命实在的态度。树林里的落叶，要在今天扫干净，明天自有明天的落叶，不必烦忧。

心灵里的烦恼、悲哀、痛苦，要在今天做个了结，明天自有明天的痛苦，就让明天的肩膀来承担吧！

天寒露重，望君保重

寂寞秋霜树，

绿红各几枝。

冬来寒气至，

天涯飘零时。

到阳明山看樱花，春日的樱花一片繁华，仿如昨夜未睡的红星携手到人间游玩，来不及回到天上。

在每年樱花盛开的时候，我都会感到恋恋不舍，隔个两三天总会到山上与樱花见面。

我喜欢在樱花林中散步，踩过满地的落英。这人间是多么繁华呀！人间的繁华又是多么容易凋落呀！樱花给我的启示是，不管时间是多么短暂，都要把一切的生命用来开放，如果盛放的时刻是美的，凋落时尽管无声，也会留下美的痕迹。

与樱花的相会，我总感觉与樱花的心灵相映，我们的心里保留了天地的爱、保存了美，才能在春风吹拂之前，温柔地点燃。

穿过樱花林，去泡个温泉吧！

阳明山的白温泉，如梦的乳花，使人觉得不似在人间，尤其坐在露天的温泉土坡，俯望着小草山，看山间日暮的浓雾迤逦前来，将整片山林包覆。

山是温柔，雾是温柔，樱花是温柔，心是一切温柔的起点，我愿能常葆这一切温柔的心情。

我泡在温泉池里，看着茫茫白雾，突然从心底冒出了一句话："天寒露重，望君保重。"

这是妈妈写信给我最常用的句子。

我十五岁就离开家乡，在远地的城市读高中，每个星期，妈妈总会写信给我。也许是受日本教育的缘故，妈妈的信有固定的格式，信封上她写的是"林清玄君样"。春天，她常在信末写着"春日平安"；到了冬天，她总是写"天寒露重，望君保重。"

从高中时代到大学毕业，妈妈的问候语从未改变，一直到我装了电话，妈妈才停止写信给我。每年冬天的每个周末，我都期待着接到母亲的信，每当我看到"天寒露重，望君保重"时，内心总会涌起无限的暖流，在这么简短的语言里，蕴藏了妈妈深浓的爱意，爱是弥天盖地的，比雾还浓。

与内心深刻的情意相比，文字显得无关紧要，作为一个作家想要描摹情意，画家想要涂绘心境，音乐家想要弹奏思想，都只是勉力为之。我们使用了许多复杂的技巧、细致的符号、美丽的象征、丰富的譬喻，到最后才发现，往往最简单的最能凸显精神，最素朴的最有隽永的可能。

我们花许多时间建一座殿堂，最终被看见的只是小小的塔尖，在更远的地方，或者连塔尖也不见，只能听到塔里的钟声。

"天寒露重，望君保重。"这是母亲给我的生命的钟声，在母亲离世多年以后，还温暖着我，使我眼湿。

简单，而有丰沛的爱。

平常，而有深刻的心。

这是母亲给我最美好的遗产，她的一生充满简单生活的美，美在自然、美在简单、美在含蓄。

我的文学，也希望，能不断地趋近那样的境界。

洗去了一切的尘埃，我带着淡淡的硫黄香气下山，摇下车窗，让山风吹拂脸颊。山风温柔无语，带着无可言说的芬芳穿过来、穿过去，山樱的红，枫叶的橙，茶花的白，也随山风迎面。

"天寒露重，望君保重。"我轻轻朗诵着母亲的话语，感觉这句话就可以供养天地。

感觉，在遥远的、如梦的、不可知仙境的妈妈，也能微笑垂听。

辑三

买一瓣心香

买一瓣心香

在和平西路与重庆南路交口的地方，每天都有卖玉兰花的人，不只在天气晴和的日子，他们出来卖玉兰花，大风雨的日子，他们也出来卖玉兰花。

卖玉兰花的人里，有两位中年妇女，一胖一瘦；有一位消瘦肤黑的男子，怀中抱着幼儿；有两个小小的女孩，一个十岁，一个八岁；偶尔，会有一位背有点驼的老先生，和一位白发苍苍的老妇，也加入贩卖的阵容。

如果在一起卖的人多，他们就和谐地沿着罗斯福路、新生南路步行扩散，所以有时候沿着和平东西路走，会发现在复兴南路口、建国南路口、新生南路口、罗斯福路口、重庆南路口都是几张熟悉的脸孔。

卖花的不管是老人还是孩子，他们都非常和气，端着用湿布盖好以免玉兰枯萎的木盘子从面前走过，开车的人一摇手，他们绝不会有任何嗔怒之意。如果把车窗摇下，他们会赶忙站到窗口，送进一缕香气来。在绿灯亮起的时候，他们就站在分界的安全岛上，耐心等候下一个红灯。

　　我自己就是大学教授和交通专家所诅咒的那些姑息着卖玉兰花的人，不管是在什么样的路口，遇到任何卖玉兰花的人，我总是忘了交通安全的教训，买几串玉兰花。买到后来，竟认识了罗斯福路、重庆南路口几位卖玉兰花的人。

　　买玉兰花时，我不是在买那些清新怡人的花香，而是买那生活里辛酸苦痛的气息。

　　每回看到卖花的人，站在烈日下默默拭汗，我就忆起我的童年时代为了几毛钱在烈日下卖枝仔冰、在冷风里卖枣子糖的过去。在心里，我可以贴近他们心中的渴盼，虽然他们只是微笑着挨近车窗，但在心底，是多么希望有人摇下车窗，买一串花。这关系着人间温情的一串花才卖十元，是多么便宜，但便宜的东西并不一定廉价，在冷气车里坐着的人，能不能理解呢？

　　几个卖花的人告诉我，最常向他们买花的是计程车司机，大概是计程车司机最能理解辛劳奔波的生活是什么滋味，他们对街中卖花者遂有了最深刻的同情。其次是开小车子的人。最难卖的对象是开着豪华进口车、车窗是黑色的人，他们高贵的脸一看到玉兰花贩走近，就冷漠地别过头去。

　　有时候，人间的温暖和钱是没有关系的，我们在烈日焚烧的街头动了不忍之念，多花十元买一串花，有时在意义上胜过富者为了表演慈悲、微笑照相登上报纸的百万捐输。

　　不忍？

　　是的，我买玉兰花时就是不忍看人站在大太阳下讨生活，他们为了激起人的不忍，有时把婴儿也背了出来，有人批评他们把孩子背到街上讨取人的同情是不对的。可是我这样想：当妈妈出来卖玉兰花时，孩子要交给保姆或用人吗？当我们为烈日曝晒而心疼那个孩子，难道他的母亲不痛心吗？

遇到有孩子的，我们多买一串玉兰花吧！不要问什么理由。

我是这样深信：站在街头的这一群沉默卖花的人，他们如果有更好的事做，是绝对不会到街上来卖花的。

设身处地地为苦恼的人着想，平等地对待他们，这就是"随顺"。我们顺着人的苦难来满他们的愿，用更大的慈和的心情让他们不要在窗口空手离去，那并不是说我们微薄的钱真能带给卖花的人什么利益，而是说我们因有这慈爱的随顺，使我们的心更澄澈、更柔软，洗涤了我们的污秽。

"一切众生而为树根，诸佛菩萨而为华果，以大悲水饶益众生，则能成就诸佛菩萨智慧华果。"

我买玉兰花的时候，感觉上，是买一瓣心香。

野姜花

　　在通化市场散步，拥挤的人潮中突然飞出来一股清气，使人心情为之一爽；循香而往，发现有一位卖花的老人正在推销他从山上采来的野姜花，每一把有五枝花，一把十块钱。

　　老人说他的家住在山坡上，他每天出去种作的时候，总要经过横生着野姜花的坡地，从来不觉得野姜花有什么珍贵。只觉得这种花有一种特别的香。今年秋天，他种田累了，依在树旁午睡，睡醒后发现满腹的香气，清新的空气格外香甜。老人想：这种长在野地里的香花，说不定有人喜欢，于是他剪了一百把野姜花到通化街来卖，总在一小时内就卖光了。老人说："台北爱花的人真不少，卖花比种田好赚哩！"

　　我买了十把野姜花，想到这位可爱的老人，也记起买野花的人可能是爱花的，可能其中也深埋着一种甜蜜的回忆；就像听一首老歌，那歌已经远去了，声音则留下来。每一次听老歌，我就想起当年那些同唱一首老歌的朋友，他们的星云四散，像那些老歌更显得韵味深长。

　　第一次认识野姜花的可爱，是许多年前的经验，我们在木栅醉梦溪散步，一位年轻的少女告诉我："野姜花的花像极了停在绿树上的小白蛱蝶，而野姜花的叶则像船一样，随时准备出航向远方。"然后我们相约坐在桥上，把摘来的野姜花一瓣瓣飘下溪旦，真像蝴蝶翩翩；将叶子掷向溪里，平平随溪水流去，也真像一条绿色的小舟。女孩并且告诉我："有淡褐色眼珠的男人都注定要流浪的。"然后我们轻轻地告别，从未再相见。

如今，岁月像蝴蝶飞过、像小舟流去，我也度过了很长的一段流浪岁月，仅剩野姜花的兴谢在每年的秋天让人神伤。后来我住在木栅山上，就在屋后不远处有一个荒废的小屋，春天里月桃花像一串晶白的珍珠垂在各处，秋风一吹，野姜花的白色精灵则迎风飞展。我常在那颓落的墙脚独坐，一坐便是一个下午，感觉到秋天的心情可以用两句诗来形容："曲终人不见，江上数峰青。"

记忆如花一样，温暖的记忆则像花香，在寒冷的夜空也会放散。

我把买来的野姜花用一个巨大的陶罐放起来，小屋里就被香气缠绕，出门的时候，香气像远远地拖着一条尾巴，走远了，还跟随着。我想到，即使像买花这样的小事，也有许多珍贵的经验。

有一次赶火车要去见远方的友人，在火车站前被一位卖水仙花的小孩拦住，硬要叫人买花，我买了一大束水仙花，没想到那束水仙花成为最好的礼物，朋友每回来信都提起那束水仙，说："没想到你这么有心！"

又有一次要去看一位女长辈，这位老妇年轻时曾有过美丽辉煌的时光，我走进巷子时突然灵机一动，折回花店买了一束玫瑰，

一共九朵。我说："青春长久。"竟把她激得眼中含泪，她说："已经有十几年的时间没有人送我玫瑰了，没想到，真是没想到还有人送我玫瑰。"说完她就轻轻啜泣起来，我几乎在这种心情中看岁月蹑足如猫步，无声悄然走过。隔了两星期我去看她，那些玫瑰犹未谢尽，原来她把玫瑰连着花瓶冰在冰箱里，想要捉住青春的最后，看得让人心疼。

每天上班的时候，我会路过复兴南路，就在复兴南路和南京东路的快车道上，时常有一些卖玉兰花的人，有小孩、有少女，也有中年妇人，他们将四朵玉兰花串成一串，车子经过时就敲着你的车窗说："先生，买一串香的玉兰花。"使得我每天买一串玉兰花成为习惯，我喜欢那样的感觉——有人敲车窗卖给你一串花，而后天涯相错，好像走过一条乡村的道路，沿路都是花香鸟语。

印象最深的一次是在东部的东澳乡旅行，所有走苏花公路的车子都要在那里错车。有一位长着一对大眼睛的山地小男孩卖着他从山上采回来的野百合，那些开在深山里的百合花显得特别小巧，还放散着淡淡的香气。我买了所有的野百合，坐在沿海的窗口，看着远方海的湛蓝及眼前百合的洁白，突然兴起一种想法，这些百合开在深山里是很孤独的，唯其有人欣赏它的美和它的香才增显了它存在的意义，再好的花开在山里，如果没有被人望见就谢去，便减损了它的美。

因此，我总是感谢那些卖花的人，他们和我原来都是不相识的，因为有了花魂，我们竟可以在任何时地有了灵犀一点，小小的一把花想起来自有它的魅力。

当我们在随意行路的时候，遇到卖花的人，也许花很少的钱买一把花，有时候留着自己欣赏，有时候送给朋友，不论怎么样处理，总会值回花价的吧！

茶香一叶

在坪林乡，春茶刚刚收成结束，茶农忙碌的脸上才展开了笑容，陪我们坐在庭前喝茶，他把那还带着新焙炉火气味的茶叶放到壶里，冲出来一股新鲜的春气，溢满了一整座才刷新不久的客厅。

茶农说："你早一个月来的话，整个坪林乡人谈的都是茶，想的也都是茶，到一个人家里总会问采收得怎样？今年烘焙得如何？茶炒出来的样色好不好？茶价好还是坏？甚至谈天气也是因为与采茶有关才谈它，直到春茶全采完了，才能谈一点茶以外的事。"听他这样说，我们都忍不住笑了，好像他好不容易从茶的影子走了出来，终于能做一些与茶无关的事情，好险！

慢慢地，他谈得兴起，把一斤三千元的茶也拿出来泡了，边倒茶边说："你别小看这一斤三千元的茶，是比赛得奖的，同样的品质，在台北的茶店可能就是八千元的价格。在我们坪林，一两五十元的茶算是好茶了，可是在台北一两五十元的茶里还掺有许多茶梗子。

"一般农民看我们种茶的茶价那么高，喝起茶来又是慢条斯理，觉得茶农的生活满悠闲的，其实不然，我们忙起来的时候比任何农民都要忙。"

"忙到什么情况呢？"我问他。

他说，茶叶在春天的生长是很快的，今天要采的茶叶不能留到明天，因为今天还是嫩叶，明天就是粗叶子，价钱相差几十倍，所以赶清晨出去一定是采到黄昏才回家，回到家以后，茶叶又不能放，一放那新鲜的气息就没有了，因而必须连夜烘焙，往往工作到天亮，天亮的时候又赶着去采昨夜萌发出来的新芽。

而且这种忙碌的工作是全家总动员，不分男女老少。在茶乡里，往往一个孩子七八岁时就懂得采茶和炒茶了，一到春茶盛产的时节，茶乡里所有孩子全在家帮忙采茶炒茶，学校几乎停课，他们把这一连串为茶忙碌的日子叫"茶假"——但孩子放茶假的时候，比起日常在学校还要忙碌得多。

主人为我们倒了他亲手种植和烘焙的茶，一时之间，茶香四溢。文山包种茶比起乌龙还带着一点溪水清澈的气息，乌龙这些年被宠得有点像贵族了，文山包种则还带着乡下平民那种天真纯朴的亲切与风味。

主人为我们说了一则今年采茶时发生的故事。他由于白天忙着采茶、分茶，夜里还要炒茶，忙到几天几夜都不睡觉，连吃饭都没有时间，添一碗饭在炒茶的炉子前随便扒扒就解决了一餐，不眠不休的工作只希望今年能采个好价钱。

"有一天采茶回来，马上炒茶，晚餐的时候自己添碗饭吃着，扒了一口，就睡着了，饭碗落在地上打破都不知道，人就躺在饭粒上面，隔一段时间梦见茶炒焦了，惊醒过来，才发现嘴里还含着一口饭，一嚼发现味道不对，原来饭在口里发酵了，带着米酒的香气。"主人说着说着就笑起来了，我却听到了笑声背后的一些心酸。人忙碌到这种情况，真是难以想象，抬头看窗外那一畦畦夹在树林山坡间的茶园，即使现在茶采完了，还时而看见茶农在园中工作的身影，在我们面前摆在壶中的茶叶原来不是轻易得来。

主人又换了一泡新茶，他说："刚喝的是生茶，现在我泡的是三分仔（即炒到三分的熟茶），你试试看。"然后他从壶中倒出了黄金一样色泽的茶汁来，比生茶更有一种古朴的气息。他说："做茶的有一句话，说是'南有冻顶乌龙，北有文山包种'，其实，冻顶乌龙和文山包种各有各的胜场，乌龙较浓，包种较清，乌龙较香，包种较甜，都是台湾之宝，可惜大家只熟悉冻顶乌龙，对文山的包种茶反而陌生，这是很不公平的事。"

对于不公平的事，主人似有许多感慨，他的家在坪林乡山上的渔光村，从坪林要步行两个小时才到，遗世而独立地生活着，除了种茶，闲来也种一些香菇，他住的地方在海拔八百千米高的地方，为什么选择住这样高的山上？"那是因为茶和香菇在越高的地方长得越好。"

即使在这么高的地方，近年来也常有人造访，主人带着乡下传统的习惯，凡是有客人来总是亲切招待，请喝茶请吃饭，临走还送一点自种的茶叶。他说："可是有一次来了两个人，我们想招待吃饭，忙着到厨房做菜，过一下子出来，发现客厅的东西被偷走了一大堆，真是令人伤心哪！人在这时比狗还不如，你喂狗吃饭，它至少不会咬你。"

主人家居不远的地方，有北势溪环绕，山下有一个秀丽的大舌湖，假日时候常有青年到这里露营，青年人所到之处，总是垃圾满地，鱼虾死灭，草树被践踏，然后他们拍拍屁股走了，把苦果留给当地居民去尝。他说："二十年前，我也做过青年，可是我们那时的青年好像不是这样的，现在的青年几乎都是不知爱惜大地的，看他们毒鱼的那种手段，真是令人毛骨悚然，这里面有许多还是大学生。只要有青年来露营，山上人家养的鸡就常常失踪，有一次，全村的人生气了，茶也不采了，活也不做了，等着抓偷鸡的人，最后抓到了，是一个大学生，村人叫他赔一只鸡一万块，他还理直气壮地问：天下哪有这么贵的鸡？我告诉他说：一只鸡是不贵，可是为了抓你，每个人本来可以采一千五百元茶叶的，都放弃了，为了抓你，我们已经损失好几万了。"

这一段话，说得在座的几个茶农都大笑起来。另一个老的茶农接着说："像义一区是台北市的水源地，有许多台北人就怪我们把水源弄脏了，其实不是，我们更需要干净的水源，保护都来不及，怎么舍得弄脏？把水源弄脏的是台北人自己，每星期有五十万个台北人到坪林来，人回去了，却把五十万人份的垃圾留在坪林。"

在山上茶农的眼中，台北人是骄横的、自私的、不友善的，任意破坏山林与溪河的一种动物，有一位茶农说得最幽默："你看台北人自己把台北搞成什么样子，我每次去，差一点窒息回来！一想到我们辛辛苦苦种出来的最好的茶要给这样的人喝，心里就不舒服。"

谈话的时候，他们几乎忘记了我是台北来客，纷纷对这个城市抱怨起来。在我们自己看来，台北城市的道德、伦理、精神只是出了问题；但在乡人的眼中，这个城市的道德、伦理、精神是几年前早就崩溃了。

主人看看天色，估计我们下山的时间，泡了今春他自己烘焙出来最满意的茶，那茶还有今年春天清凉的山上气息，掀开壶盖，看到原来卷缩的茶叶都伸展开来，感到一种莫名的欢喜，心里想着，这是一座茶乡里一个平凡茶农的家，我们为了品早春的新茶，老远跑来，却得到了许多新的教育，原来就是一片茶叶，它的来历也是不凡的，就如同它的香气一样是不可估量的。

从山上回来，我每次冲泡带回来的茶叶，眼前仿佛浮起茶农扒一口饭睡着的样子，想着他口中发酵的一口饭，说给朋友听，他们一口咬定："吹牛的，不相信他们可能忙到那样，饭含在口里怎么可能发酵呢？"我说："如果饭没有在口里发酵，哪里编得出来这样的故事呢？"朋友哑口无言。然后我就在喝茶时反省地自问：为什么我信任只见过一面的茶农，反而超过我相交多年的朋友呢？疑问就在鼻息里化成一股清气，在身边围绕着。

油面摊子

　　家附近有一担卖油面的小摊子，我平常并不太注意，有一回带孩子散步路过，看到生意极好，所有的椅子都坐满了人。

　　我和孩子驻足围观，这时见到卖面的小贩，把油面放进烫面用的竹捞子里，一把塞一个，刹那之间就塞了十几把，然后他把叠成长串的竹捞子放进锅里烫。

　　接着，他以迅雷不及掩耳的速度，将十几个碗一字排开，放佐料、盐、味素等等，很快地捞面、加汤，十多碗面煮好的过程还不到五分钟，我和孩子都看呆了。更令人赞叹的是，那个煮面的老板还边煮边与顾客聊着闲天。

　　在我们从面摊离开的时候，孩子突然抬起头来说："爸爸，我猜如果你和卖面的老板比赛卖面，你一定输！"

　　对于孩子突如其来的谈话，我感到莞尔，并且立即坦然承认，我一定输给卖面的人。我说："不只会输，而且会输得很惨，这个世界上能赢过卖面老板的人大概也没有几个。"

　　后来我和孩子谈起了，他的爸爸在这世界上是输给很多人的。

　　接下来的几天，就玩着游戏一样，我带着孩子到处去看工作中的人，我们在对角的豆浆店看伙计揉面粉做油条，看油条在锅中胀大而充满神奇的美感，我对孩子说："爸爸比不上炸油条的人。"

我们到街角的饺子店，看一位山东老乡包饺子，他包饺子就如同变魔术一样，动作轻快，双手一捏，个个饺子大小如一、煮出来晶莹剔透，我对孩子说："爸爸比不上包饺子的人。"

我们在市场边看见一个削梨子与芭乐的小贩，他把水果削好切片，包成一袋一袋准备推到戏院去卖，他削水果时，刀子如同自手中长出，动作又利落、又优美，我对孩子说："爸爸比不上削水果的人。"

就在我们生活四周，到处都是我比不上的人，这些市井小人物，他们过着单纯的生活，对生命有着信心与希望，他们的手艺固然简单，却非数十年的锻炼不能得致。

当我们放眼这个世界的时候，如果以自我为中心，很可能会以为自己是顶尖人物，一旦我们把狂心歇息下来，用赤子之心来观照，就会发现自己是多渺小，在人群之中，若没有整个市井的护持，我们连吃一套烧饼油条都成问题呀！这是为什么连圣贤都感叹地说"吾不如老农，吾不如老圃"的缘故，我们什么时候能看清自己不如人的地方，那就是对生命有真正信心的时候。

看到人们貌似简单，事实上不易的生活动作时，我觉得每一个人都值得给予最大的敬意，努力生活的人们都是可敬佩的。他们不用言语，而以动作表达了对生命的承担。

承担，是生命里最美的东西！

我时常想，我们既然生而为人，不是草木虫鱼，就要承担，安然接受人生可能发生的一切，除了安然地面对，还能保持觉性，就是菩提了。一般人缺少的正是觉悟的菩提罢了。

在古印度人传统的观念里，认为只要是两条河交汇的地方一定是圣地，这是千年智慧累积所得到的结论。假如我们把这个观念提炼出来，人生何尝不是如此，在人与人相会面的那一刻，如果都有很好的心来相印，互相对流，当下自己的心就是圣地了。

油面摊子是圣地，豆浆店是圣地，饺子馆是圣地，水果摊是圣地……到处都是圣地，只看我们有没有足够神圣的心来对应这些人、这些地方。当然，在我们以神圣的心面对世界时，自己就有了承担，也就成为值得敬佩的人之一。

我带着孩子观察了许多人以后，孩子感到疑惑，他问："爸爸，那么你有什么可以比得上别人呢？"

我说："如果比写文章，爸爸可能会比得上那卖油面的老板吧！"

孩子说："也不会，油面老板几分钟就煮好十几碗面，爸爸要很久才写完一篇文章！"父子俩相对大笑，是呀！这世界有什么东西可以相比，有什么人可以相比呢？事实上，所有的比较都是一种执着！

月光下的喇叭手

冬夜寒凉的街心，我遇见一位喇叭手。

那时月亮很明，冷冷的月芒斜落在他的身躯上，他的影子诡异地往街边拉长出去。街很空旷，我自街口走去，他从望不见底的街头走来，我们原也会像路人一般擦身而过，可是不知道为什么，那条大街竟被他孤单落寞的影子紧紧塞满，容不得我们擦身。

霎时间，我觉得非常神秘，为什么一个平常人的影子在凌晨时仿佛一张网，塞得街都满了，我惊奇地不由自主地站定。定定看着他缓缓步来，他的脚步零乱颠簸，像是有点醉了，他手中提的好像是一瓶酒，他一步一步逼近，在清冷的月光中我看清，他手中提的原来是一把伸缩喇叭。

我触电般一惊，他手中的伸缩喇叭造型像极了一条被刺伤而惊怒的眼镜蛇，它的身躯盘卷扭曲，它充满了悲愤的两颊扁平地亢张，好像随时要吐出"咝咝"的声音。

喇叭精亮的色泽也颓落成蛇身花纹一般，斑驳锈黄色的音管因为有许多伤痕凹凹扭扭，缘着喇叭上去握着喇叭的手血管纠结，缘着手上去我便明白地看见了塞满整条街的老人的脸。他两鬓的白在路灯下反射成点点星光，穿着一袭宝蓝色绲白边的制服，大盘帽也缩皱地贴在他的头上，帽徽是一只振翅欲飞的老鹰——他真像一个打完仗的兵士，曳着一把流过许多血的军刀。

突然一阵汽车喇叭的声音，汽车从我的背后来，强猛的光使老人不得不举起喇叭护着眼睛。他放下喇叭时才看见站在路边的我，从干扁的唇边迸出一丝善意的笑。

在凌晨的夜的小街，我们便那样相逢。

老人吐着冲天的酒气告诉我，他今天下午送完葬分到两百元，忍不住跑到小摊去灌了几瓶老酒，他说：“几天没喝酒，骨头都软了。”他翻来翻去在裤口袋中找到一张百元大钞，“再去喝两杯，老弟！”他的语句中有一种神奇的口令似的魔力，我为了争取请那一场酒费了很大的力气，最后，老人粗声地欣然地答应：“就这么说定，俺陪你喝两杯，我吹首歌送你。”

我们走了很长的黑夜的道路，才找到隐没在街角的小摊，他把喇叭倒盖起来，喇叭贴粘在油污的桌子上，肥胖浑圆的店主人操一口广东口音，与老人的清瘦形成很强烈的对比。老人豪气地说：“广东、山东，俺们是半个老乡哩！”店主惊奇笑问，老人说：“都有个东字哩！”我在六十烛光的灯泡下笔直地注视老人，不知道为什么，竟在他平整的双眉跳脱出来几根特别灰白的长眉毛上，看出一点忧郁了。

十余年来，老人干上送葬的行列，用骊歌为永眠的人铺一条通往未知的道路，他用的是同一把伸缩喇叭，喇叭凹了、锈了，而在喇叭的凹锈中，不知道有多少生命被吹送了出去。老人诉说着不同的种种送葬仪式：他说到在披麻衣的人群里每个人竟会有完全不同的情绪时，不觉仰天笑了："人到底免不了一死，喇叭一响，英雄豪杰都一样。"

我告诉老人，在我们乡下，送葬的喇叭手人称"罗汉脚"，他们时常蹲聚在榕树下嗑牙，等待人死的讯息。老人点点头："能抓住罗汉的脚也不错。"然后老人感喟地认为在中国，送葬是一式一样的，大部分人一辈子没有听过音乐演奏，一直到死时才赢得一生努力的荣光，听一场音乐会。"有一天我也会死，我可是听多了。"

借着几分酒意，我和老人谈起他飘零的过去。

老人出生在山东的一个小县城里，家里有一片望不到边的大豆田，他年幼的时代便在大豆田中放风筝、抓田鼠，看春风吹来时，田边奔放出嫩油油的黄色小野花，天永远蓝得透明，风雪来时，他们围在温暖的小火炉边取暖，听着戴毡帽的老祖父一遍又一遍说着永无休止的故事。他的童年里有故事、有风声、有雪色，有贴在门楣上等待新年的红纸，有数不完的在三合屋围成的庭院中追逐的不尽的笑语……

"廿四岁那年，俺在田里工作回家，一部军用卡车停在路边，两个中年汉子把我抓到车上，连锄头都来不及放下，俺害怕地哭着，车子往不知名的路上开走……他奶奶的！"老人在军车的小窗中看他的故乡远去，远远地去了，那部车丢下他的童年、他的大豆田，还有他老祖父终于休止的故事。他的眼泪落在车板上，四周的人漠然地看着他，一直到他的眼泪流干；下了车，竟是一片大漠黄沙不复记忆。

他辗转地到了海岛，天仍是蓝的，稻子从绿油油的茎中吐出他故乡嫩黄野花的金黄，他穿上戎装，荷枪东奔西走，找不到落脚的地方，"俺是想着故乡的啦！"渐渐的，连故乡都不敢想了，有时梦里活蹦乱跳地跳出故乡，他正在房间里要掀开新娘的盖头，锣声响鼓声闹，"俺以为这一回一定是真的，睁开眼睛还是假的，常常流一身冷汗。"

老人的故乡在酒杯里转来转去，他端起杯来一口仰尽一杯高粱。三十几年过去了，"俺的儿子说不定娶媳妇了。"老人走的时候，他的妻正怀着六个月的身孕，烧好晚餐倚在门上等待他回家，他连一声再见都来不及对她说。老人酗酒的习惯便是在想念他的妻到不能自拔的时候弄成的。三十年的戎马真是倥偬，故乡在枪眼中成为一个名词，那个名词简单，简单到没有任何一本书能说完，老人的书才掀开一页，一转身，书不见了，到处都是烽烟，泪眼苍茫。

当我告诉老人，我们是同乡时，他几乎泼翻凑在口上的酒汁，几乎是发疯一般地抓紧我的手，问到故乡的种种情状，"我连大豆田都没有看过。"老人松开手，长叹一声，因为醉酒，眼都红了。

"故乡真不是好东西，看过也发愁，没看过也发愁。"

"故乡是好东西，发愁不是好东西。"我说。

退伍的时候，老人想要找一个工作，他识不得字，只好到处打零工，有一个朋友告诉他："去吹喇叭吧，很轻松，每天都有人死。"他于是每天拿只喇叭在乐队里装个样子，装着、装着，竟也会吹起一些离别伤愁的曲子。在连续不断的骊歌里，老人颤音的乡愁反而被消磨得尽了。每天陪不同的人走进墓地，究竟是什么

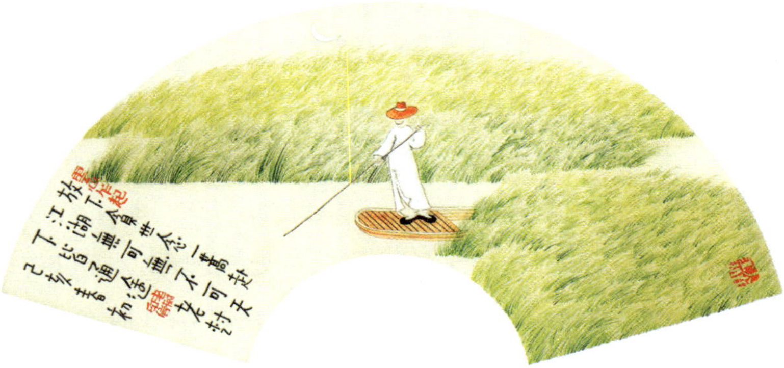

样一种滋味？老人说是酒的滋味，醉酒吐了一地的滋味，我不敢想。

我们都有些醉了，老人一路上吹着他的喇叭回家，那是凌晨三点至静的台北，偶尔有一辆急驶的汽车呼呼驰过，老人吹奏的骊歌变得特别悠长凄楚，喇叭哇哇的长音在空中流荡，流向一些不知道的虚空，声音在这时是多么无力，很快地被四面八方的夜风吹散，总有一丝要流到故乡去的吧！我想着。

向老人借过伸缩喇叭，我也学他高高把头仰起，喇叭吹出一首年轻人正在流行的曲子：

> 我们隔着迢遥的山河
>
> 去看望祖国的土地
>
> 你用你的足迹
>
> 我用我游子的乡愁
>
> 你对我说
>
> 古老的中国没有乡愁
>
> 乡愁是给没有家的人
>
> 少年的中国也没有乡愁
>
> 乡愁是给不回家的人

老人非常喜欢那首曲子，然后他便在我们步行回他万华住处的路上用心地学着曲子，他的音对了，可是不是吹得太急，就是吹得太缓。我一句一句对他解释了那首歌，那歌，竟好像是为我和老人写的，他听得出神，使我分不清他的足迹和我的乡愁。老人专注地不断地吹这首曲子，一次比一次温柔，充满感情；他的腮鼓动着，像一只老鸟在巢中无助地鼓动翅翼，声调却正像一首骊歌，等他停的时候，眼里赫然都是泪水，他说："用力太猛了，太猛了。"然后靠在我的肩上呜呜地哭起来。我耳边却在老人的哭声中听到大豆田上呼呼的风声。

我也忘记我们后来怎么走到老人的家门口，他站直立正，万分慎重地对我说："我再吹一次这首歌，你唱，唱完了，我们就回家。"

唱到"古老的中国没有乡愁，乡愁是给没有家的人"的时候，我的声音喑哑了，再也唱不下去，我们站在老人的家门口，竟是没有家一样地唱着骊歌，愈唱愈遥远。

我们是真的喝醉了，醉到连想故乡都要掉泪。

老人的心中永远记得他掀开盖头的新娘面容，而那新娘已是个鬓发飞霜的老太婆了。时光在一次一次的骊歌中走去，冷然无情地走去。

告别老人，我无助软弱地步行回家，我的酒这时全醒了，脑中充塞着中国近代史一页沧桑的伤口，老人是那个伤口凝结成的疤；像吃剩的葡萄藤，五颜六色无助地掉落在万华的一条巷子里，他永远也说不清大豆和历史的关系，他永远也不知道老祖父的骊歌是哪一个乐团吹奏的。故乡真的远了，故乡真的远了吗？

我一直在夜里走到天亮，看到一轮金光乱射的太阳从两幢大楼的夹缝中向天空蹦跃出来，有另一群老人穿着雪白的运动衫在路的一边做早操，到处是人从黎明起开始蠕动的姿势，到处是人们开门拉窗的声音，阳光从每一个窗子射进。

　　不知道为什么，我老是惦记着老人和他的喇叭，分手以后我再也没有见过他。每次在街上遇到送葬的行列，我总是寻找着老人的面影；每次在凌晨的夜里步行，老人的脸与泪便毫不留情地占据我。最坏的是，我醉酒的时候，总要唱起："我们隔着迢遥的山河，去看望祖国的土地，你用你的足迹，我用我游子的乡愁；你对我说，古老的中国没有乡愁，乡愁是给没有家的人，少年的中国也没有乡愁，乡愁是给不回家的人。"然后我知道，可能这一生再也看不到老人了。但是他被卡车载走以后的一段历史却成为我生命的刺青，一针一针地刺出我的血珠来。他的生命是伸缩喇叭凹凹扭扭的最后一个长音。

　　在冬夜寒冷的街心，我遇见一位喇叭手；春天来了，他还是站在那个寒冷的街心，孤冷冷地站着，没有形状，却充塞了整条街。

买了半山百合

我们时常跑到山坡上，
去寻找野花的踪迹。
有些山坡开满了百合花，
我们就会躺在百合花的白与白之间，
山风使整个田园都有着清凉的香气。
感觉到，
我们的心也像百合般白了，
并用白喇叭吹奏着高扬的音乐。

在市场里，有个宜兰人，每隔几天来卖菜。这个宜兰人像魔法师一样，长得滑稽而神气，他的菜篮里每次总会有几把野花，像鸡冠花、小菊花、圆仔花、大理花之类的，据他告诉我，是在家附近采到什么花，就卖什么花。

他卖菜与一般菜贩无异，但卖花却有个性，不论大把小把，总是卖五十元，所以买的人有时觉得很便宜，有时觉得很贵，他不在乎，也不减价，理由是："卖菜是主业，要照一般的行情；卖花是副业，我想怎么卖就那样卖呀！爽就好！"

他卖花爱卖不卖的，加上采来的花比不上花店的花好看，有的极瘦小，有的被虫吃过，所以生意不佳，可怪的是，他宁可不卖，也不折价。有时候他的花好，我就全买了（不过才三四把），所以他常对我说："老板，你这个人阿莎力，我真甲意。"有时候花真的不好，我不买，他会兜起一把花追上来："嘿！拢送你啦！我这个人也阿莎力。"

久了以后，相熟，我就叫他"阿莎力"，他颇乐，远远看到我就笑嘻嘻，好像狄斯奈卡通《石中剑》里那个魔法师一样。

每年野姜花或百合花盛开的时候，阿莎力最开心，因为他生意特别好，百合与野姜洁白、芬芳，都是讨人喜欢的花，又不畏虫害，即使是野生的也开得很美。这时百合花就不只卖三四把，每天带来一大桶，清早就被抢光了，据他说，卖一桶花赚的钱胜过卖两担菜，"台北人也真是的，白菜一斤才卖二十块，又要杀价，又要讨葱，一束花五十块，也不杀价，一次买好几把，怕买不到似的。"然后他消遣我："老板，你嘛是台北人呀！还好你买菜不杀价，也不讨葱。"

今天路过"阿莎力"的摊子，看到有几束百合，比从前卖的百合瘦小，株条也不挺直，我说："阿莎力！你今天的百合怎么只有这些？"

"全卖给你好了，这是今年最后的野百合了，我把半座山的百合全摘来了。"

"半座山的百合？"

"是呀！百合的季节已经过了，我走了半个山只摘到这些，以后没有百合卖了。"

"半座山的百合，那剩下的半座山呢？"

"剩下的半座山是悬崖呀！老板！"阿莎力苦笑着说。

想到这是今年最后的百合，我就把他所有的百合全买下来，总共才花了三百元，回家的路上想到三百元就买下半座山的百合，心中感到十分不可思议。

把百合插在花瓶里，晚上的时候一个人静静地看那纯白盛放的花朵，百合的喇叭形状仿佛在吹奏音乐一样，野百合的芳香最盛，特别是夜里心情沉静的时候，香气随着音乐在屋里流淌。

在山里的花，我最喜欢的就是百合了。从前家住山上，有匹种花是遍地蔓生的，除了百合，还有野姜、月桃、牵牛花。野姜花的香气太艳，月桃花没有香气，牵牛花则朝开暮谢，过于软弱，只有百合是色香俱足，而且在大风的野地也不会被摧折，花期又长。

从前的乡下人不时兴插花，因为光是吃饱都艰难，谁会想到插一瓶花呢？不插花不表示不爱花，每当野花盛开的时节，我们时常跑到山坡上去寻找野花的踪迹，有些山坡开满了百合花，我们就会躺在百合花的白与白之间，山风使整个田园都有着清凉的香气。感觉到，我们的心也像百合一般白了，并用白喇叭吹奏着高扬的音乐。然后会想到"山上的百合也不纺纱，也不织布，但所罗门王皇冠上的宝石也比不上它"的句子，就不禁有陶醉之感。

近年来，野百合好像也很少了，可能是山坡地开发的缘故。只有几次到东部去，在东澳、南澳、兰屿见到野百合遍地开的情景，自从大家流行插花，而百合花又可以卖钱，野生的百合在未开之前便被齐根剪断，带到市场来卖。

瓶插在屋里的野百合花，虽然也像在坡地一样美、一样香，感受却大有不同了，屋里的百合再怎么美，也没有野地风中那样的昂扬，失去了那种生机盎然的姿势，好像……好像开得没有那么阿莎力了。

进口种植的百合花有各种颜色，黄的、红的、橙的，香气甚至比野生的更胜，但可能是童年印象的缘故，我总觉得百合花都应该是白色的，花形则最好是瘦瘦的、长长的。可是那土生土长的，有灵醒之白的百合，恐怕得要到另外半山的悬崖峭壁去看了。

今年的野百合花期已过，剩下的都是温室种植的百合了，这样一想，眼前这一盆百合使我生起一种深切的感怀，它是在预告一个春天的结束，用它的白来告白，用它的香来宣示，用它的形状来吹奏，我们在山坡地那无忧的生活也随百合的记忆流得远了。

夜里，坐在百合花前，香气弥漫，在屋里随风流转，想到半山的百合花都在我的屋子里，虽然开心，内心里还是有一种幽微的疼惜。

呀！不管怎么样，野百合还是开在山里好，野百合，还是开在山里的，好呀！

林妈妈水饺

市场里有个小摊，叫作"林妈妈水饺"，做的饺子好吃是附近有名的。

我走过饺子摊的时候都会去买一些饺子回家，二十个一盒的饺子卖三十五元，三盒一百元。有时候就站在那里，欣赏林妈妈与她的先生包饺子，他们的动作十分利落，看起来就像表演艺术一样，一盒饺子一分钟就包好了。

林先生与林妈妈的气质都很好，他们的书卷气看起来一点都不像是在市场包饺子的小贩，他们的人与摊子永远都那样洁净，简直可以用一尘不染来形容。

他们时常带着微笑，一人坐一边，两人包饺子的速度一模一样，包出来的饺子也一模一样，由于饺子好吃，生意好得不得了，常要等一二十分钟才能买到饺子，因此在摊子旁边总是围满等待饺子的人，大家都很安静，仿佛看他们包饺子是享受一般。

但是他们不是天天在固定的地方摆摊，只有星期一、三、六的黄昏才到这里来，有一次我忍不住问："为什么不天天来呢？"

健谈的林先生立刻接口说："因为我们在四个不同的地方摆摊

子哩！饺子可以买回家冷冻，很少人会天天买饺子，通常两天买一次就很多了。"

买饺子的时候，我站在旁边等待，有时就和林先生、林妈妈聊起来，才知道他们原来不是路边的摊贩，林先生做了很多年的杂货批发生意，从大盘商那里批货，送到各地的杂货店去，由于守信尽责，生意做得很不错，但在五六年前做不下去了。

"生意为什么做不下去呢？"

林先生感慨地说："到处都开起超级市场，他们都是直接进货，根本不需要中盘的批发。再加上连锁经营的超级商店愈来愈多，统一、味全、义美、新东阳到处都是，连一般的小杂货店都收了，何况是批发，不知道要批给谁呀！"

他不得已把批发的事业收了，接下来失业好几个月，正好遇到一位朋友是在路边摆摊卖饺子，劝他何不摆个水饺摊。夫妻两个从头学习包水饺，他说："包水饺不是简单的事，我研究了很久才出来摆摊子，像配料、作料、馅料都要加得恰到好处，这样才能维持品质，我们摆摊子的人靠的是口碑和信用，慢慢地就做起来了。"

像现在，"林妈妈水饺"的口碑和信用都做起来了，他在四个地方摆摊子，每个地方都要排队等待才能买到。

"生意这么好，一天可以包多少个饺子呢？"

"每天包的饺子在一万到一万五千粒之间。"林先生说。

旁边站着的人一阵哗然，他们的饺子一粒一块六毛五，有人算了一下，一天可以卖出一万六千元到二万四千元之间，一个月的盈收超过四十万。

"真是不得了，比上班好太多了！"旁边的一位主妇忍不住叫起来。

"对呀！早知道包饺子生意这么好，我早就不做食品批发，来卖饺子了。"林先生风趣地说，但是他立刻更正说，"不过，卖饺子也真的很辛苦，在家里的时间都在忙配料，出来摆摊的时候，一坐就是一整天，每一粒饺子都是辛苦捏出来的，不像上班，偶尔还可以休息、偷懒一下。"

林先生真实的说法，令我也感到吃惊，没想到占地不到半坪的一张桌子，一天可以制造一万粒以上的饺子，也没有想到摆摊子一个月有数十万的收入。不禁想起老辈时常说的："要做牛，免惊无牛可拖"，一个人只要勤劳、肯用心，天确实没有绝人之路，不仅不会绝人，还会让人在绝境中开展出新的天地。

台湾的经济奇迹，是由一些平凡的老百姓勤劳与用心而建造起来的。隐没在我们生活四周的许多"排骨大王""豆浆大王""臭豆腐大王"等各种大王，也像是林妈妈水饺一样，是一个一个在平凡中捏塑出来的，说不定哪一天，"林妈妈水饺"就会变成"林妈妈水饺大王"了。

我们不必欣羡小小的饺子摊可以带来那么高的收入，因为只要一个人守本分，肯勤劳用心于生活，都可能创造类似的奇迹，就像林先生说的："我觉得咱生在台湾的人真好，只要肯做，就赚得到钱，这世界上有太多地方，即使你肯做，也不一定赚得到钱！"

买好水饺，我沿着市场泥泞的小巷走回家，看到更多我认识的乡亲，有的是从阳明山载菜来卖的，有的是从宜兰开车来卖海梨柑，有的是坪林挑菜来卖的小农，有的声嘶力竭地卖着自己种的柳丁，他们都那样认命无怨地在生活。在黄昏的市集散去之后，他们都会回到温暖的家，准备着明天生活的再出发。看着他们脸上坚强的表情，与生活的风霜拼斗，不禁令我感动起来。

我们在人世里扮演不同的角色，那是由于各有不同的机缘，因此我们应该安于自己的角色，长存感谢的心，像我认识的市场小贩，有大部分都是慈济功德会的会员，他们以行善布施来表达他们内心的感恩。

夜里，煮着林妈妈饺子，感觉到有一种特别的温暖，是呀！在流转的人间，我们要互相爱护，互相尊重、互相崇敬，因为每一个人都不可轻侮，各有尊严的生命。

阿火叔与财旺伯仔

十年没有上父亲的林场了，趁年假和妈妈、兄弟，带着孩子们上山。

车过六龟乡的新威农场，发现沿途的景观与从前不大相同了，道路宽敞，车子呼啸而过。想到从前有一次和哥哥坐在新威国校门口，看一小时才一班的客运车，喘着气登山而去，我对哥哥说："长大以后，如果能当客运车司机就好了。"然后我们挽起裤管入山，沿山溪行走，要走一个小时才会到父亲开山时住的山寮。那时用竹草搭成的寮仔里，住着父亲，和他的三位至交，阿火叔、成叔、财旺伯仔。

父亲当时还是多么年轻强壮，从南洋战后回来，和少年时的伙伴一起来开山。三十几年前的新威山上还是一片非常原始的林地，没有道路，渺无人居，水电那是更不用说。听父亲说起，刚开山的时候，路上蛇虫爬行，时常与石虎、山猪、猴子、山羌、穿山甲惊慌相对。在寒冷的冬夜睡醒，发现山寮里的地方全是盘旋避寒的蛇，有时要把蛇拨开，才能找到落脚的地方走出去。

彼时阵，我刚刚出世。父亲为了开山，有时整个月没有时间

低下头来看我一眼，听母亲这样说。

母亲说："你爸爸为了开山，每天清晨从家里骑脚踏车到新威，光骑车就要两小时。然后步行到深林里去，有时候则整季住在山里。"

每到立秋，雨季来的时候，母亲在夜里常为远方的暴雨与雷声惊醒，不知道在山洪中与命运搏斗的父亲，是否能平安归来。

一直经过二十几年，父亲的四百多甲山林才大致开垦出来。产业道路可以通卡车了，电灯来了，电话线通了，桃花心木、南洋杉、刺竹林都可以收成了，父亲竟带着未完成的梦想离开了我们。

在新威的路上，妈妈告诉我，阿火叔在前年因肺气肿也过去了，成叔离开山林后不知去向，现在山里只剩财旺伯仔住着。听到这些事，使我因无常而感到哀伤，想到在三十几年前，几个刚步入壮年的朋友，一起挥别家人来开山的情景。

当我站在山里，对孩子说："我们刚刚走过的路都是阿公开出来的。现在你所看得到的山都是我们的，是阿公种好的。"孩子茫然地说："真的吗？真的吗？"对一个城市长大的孩子，真的很难以想象四百甲山林是多么巨大，无有边际。

小时候，我很喜欢到山里陪爸爸住，因为只有这样才有更多时间与父亲相处。在山中的父亲也显得特别温柔，他会带我们去溪涧游泳，去看他刚种的树苗，去认识山林里的动物和植物，甚至教我们使用平常不准触摸的番刀与猎枪。

我特别怀念的是与父亲、成叔、阿火叔、财旺伯仔一起穿着长长的雨鞋，到尚未开发的林地去巡山，检查土质山势风向，决定怎么样开发。父亲对森林那种专注的热情，常使我深深感动和向往，仿佛触及支持父亲梦想的那内在柔软的草原。我也怀念立秋雨季来的时候，我们坐在山寮的屋檐下看丰沛的雨水灌溉山林；夜里，把耳朵贴在木板床，听着滚滚隆隆的山洪从森林深处流过山脚；油灯旁边，父亲煮着决明子茶，芬芳的水汽在屋子里徘徊了一圈，才不舍地逸入窗外的雨景。

我对父亲有深刻的崇仰与敬爱，和他在森林开垦的壮志是不可分的。

那样美好的山林生活，一晃已经三十年了。当我看见财旺伯仔的时候，感觉那就像梦一样。财旺伯仔看见我们，兴奋地跑过来和我们拥抱。他的子孙也都离开山林，只有他和财旺伯母数十年地守着山寮，仍然每天挑着水桶走三公里到溪底挑水，白天去巡山，夜里倾听大溪的流声。

提到父亲、阿火叔的死，成叔的离山，他只是长长地叹一口气。他说："我现在也不喝酒了，没有酒伴唉！"

他带我们爬到山的高处，俯望着广大的山林，说："你爸爸生前就希望你们兄弟有人能到山里来住，这个希望不知道能不能实现呢！"然后，他指着刺竹林山坡说："阿玄仔，你看那里盖个寮仔也不错，只要十几万就可以盖得很美呀！"

在我成长的岁月里，有无数次曾立志回来经营父亲的森林，但是年纪愈长，那梦想的芽苗则隐藏得愈深了。随着岁月，我愈来愈能了解父亲少年时代的梦。其实，每个人都有过山林的梦想，只是很少很少人能去实践它。

　　我的梦想已经退居到对财旺伯仔说："如果能再回山来住几天就好了。"

　　离开财旺伯仔的山寮已是黄昏。他和伯母站在大溪旁送我们，直到车子开远，还听见他的声音："立秋前再来一趟呀！"

　　天色黯了，我回头望着安静的森林，感觉到林地的每一寸中，都有父亲那坚强高大的背影。

辑四

一味百味

长命菜

每年在围炉吃年夜饭的时候，妈妈都会准备一盘"长命菜"，长命菜是南部乡下的习俗，几乎每一家都会准备。

"长命菜"并不是什么特别的菜，只是普通的菠菜，由于是农人为过年习俗特别种植的，又和一般菠菜不一样。大约是菠菜长到八寸至一尺长时采摘，采的时候要连根拔起，不论根、茎、叶都不可折断。

采好后洗净，一束束摆在菜摊，绿色的茎叶配着艳红的根，非常好看。

家里有种菜的时候，妈妈会在除夕当天的清晨到菜园去采菠菜，每次都是小心翼翼，生怕折断了菠菜。后来家里不种菜了，就会到市场去选特别嫩的菠菜来做长命菜。

"长命菜"的做法最简单了，就是把菠菜放在水里烫熟，一棵棵摊平摆在盘中（不可弯折），每次看到煮熟的菠菜，都使我想起李翰祥电影《乾隆下江南》里，乾隆皇帝到江南吃到一道名菜"红嘴绿鹦哥"，认为是人间至极的美味，其实只是连着根的菠菜罢了。

"不可咬断，要连根一起吞下去！"要吃长命菜前，爸爸都会煞有介事地叮咛我们，并且先示范表演一番。

我们都会信以为真，然而小孩子喉咙细，吞起一棵菠菜也不是那么容易的，好不容易把一棵长命菜吞进腹中，耳畔就会响起一片鼓励的掌声，等到所有的人把长命菜吞完，年夜饭才算正式开始。

"长命菜"是乡下平凡百姓对生命最大的祝愿，希望新的一年有一个好的开始，并且能长命百岁，生命纵使有苦难的时刻，因为有这样的祝愿，仿佛幸福也在不远之前。

当然，吃长命菜不会使人长命百岁，从小逼迫我们吃长命菜的父亲，早就走完人生的旅程。与我们排队吃长命菜的堂兄弟姊妹，也有四位离开了世间；其他的兄弟姊妹也因为散居世界各地而星云四散了。

长命菜不长命，团圆饭不团圆，这并不是什么悲哀的事，而是人间的真情实景。我们每年还是渴望着团圆，笑闹着吃长命菜，因为那是一种"希望工程"，希望我们能珍惜今生的缘会，希望我们都能活得更长命，来和亲爱的家人相守。

闽南语歌曲《走马灯》里有这样几句："星光月光转无停，人生呀人生，冷暖世情多演变，人生宛如走马灯。"每次到过年就会想到这首歌，想到星月的流转，年华的短促；想起历尽沧桑的情景，悲欢离合转不停。这时候就会觉得只要能珍惜着今年今夜、此情此景，便是生命的幸福了。

儿时吃长命菜那种欢欣鼓舞的景象，常常宛如生命的掌声，推着我们前进。

只要我们的爱与幸福可以绵延，使欢喜充满在每一刻，那就是生命最大的祝愿了。

因此，不管我在天涯海角，每年过年的时候，我都会亲自准备一盘长命菜，想起父亲，还有一些难以忘怀的生命的痕迹！

琴手蟹

淡水是台北市郊我常常去散心的地方，每到工作劳累的时候，我就开着车穿过平野的稻田到淡水去；也许去吃海鲜，也许去龙山寺喝老人茶，也许什么事都不做，只坐在老河口上看夕阳慢慢地沉落。我在这种短暂的悠闲中清洁自己逐渐被污染的心灵。

有一次在淡水，看着火红的夕阳消失以后，我沿着河口的堤防缓慢地散步，竟意外地在转角的地方看到一个卖海鲜的小摊子，摊子上的鱼到下午全失去了新鲜的光泽，却在摊子角落的水桶中有十几只生猛的螃蟹，正轧轧轧地走动，嘴里还冒着气泡。

那些螃蟹长得十分奇特，灰色斑点的身躯，暗红色的足，比一般市场上的蟹小一号，最奇怪的是它的钳，右边一只钳几乎小到没有，左边的一只却巨大无朋，几乎和它的身躯一样大，真是奇怪的造型。

经过一番讨价还价，我花了一百元买了廿四只螃蟹（便宜得不像话）。回到家后它们还是活生生地在水池里乱走。

夜深了，我想到这些海里生长的动物在陆地上是无法生存的，正好家里又存了一罐陈年大曲，我便把大曲酒倒在锅子里，把买来的大脚蟹全喂成东倒西歪的"醉蟹"，一起放在火上烹了。

等我吃那些蟹时，剖开后才发现大脚蟹只是一具空壳，里面充满了酒，却没有一点肉；正诧异的时候，有几个朋友夜访，要来煮酒论艺，其中一位见多识广的朋友看到桌上还没有"吃完"的蟹惊叫起来："哎呀！你怎么把这种蟹拿来吃？"

"这蟹有毒吗？"我被吓了一大跳。

"不是有毒，这蟹根本没有肉，不应该吃的。"

朋友侃侃谈起那些蟹的来龙去脉，他说那种蟹叫"琴手蟹"，生长在淡水河口，由于它的钳一大一小相差悬殊，正如同一个人手里拿着一把吉他一样——经他一说，桌上的蟹一刹那间就美了不少。他说："古人说焚琴煮鹤是罪过的，你把琴手蟹拿来做醉蟹，真是罪过。"

"琴手蟹还有一个名字，"他说得意犹未尽，"叫作'招潮蟹'，因为它的钳一大一小，当它的大钳举起来的时候就好像在招手，在海边，它时常举着大钳面对潮水，就好像潮水是它招来的一样，所以海边的人都叫它'招潮蟹'，传说没有招潮蟹，潮水就不来了。"

经他这样一说，好像吃了琴手蟹(或者"招潮蟹")真是罪不可恕了。

这位可爱的朋友顺便告诫了一番吃经，他说凡物有三种不能吃：一是仙风道骨的，像鹤，像鹭鸶，像天堂鸟，都不可食；二是艳丽无方的，像波斯猫，像毒蕈，像初开的玫瑰也不可食；三是名称超绝的，像吉娃娃，像雨燕，像琴手蟹，像夜来香，也不可食。凡吃了这几种都是辜负了造物的恩典，是有罪的。

说得一座皆惊，酒兴全被吓得魂飞魄散，他说："这里面有一些道理，凡是仙风道骨的动植物，是用来让我们沉思的；艳丽无方的动植物是用来观赏的；名称超绝的动植物是用来激发想象力的；一物不能二用，既有这些功能，它的肉就绝不会好吃，也吃不出个道理来。"

"我们再往深一层去想，凡是无形的事物就不能用有形的标准来衡量，像友谊、爱情、名誉、自尊、操守等等，全不能以有形的价值来加以讨论，如果要用有形来买无形，都是有罪的。"

朋友滔滔雄辩，说得头头是道，害我把未吃完的琴手蟹赶紧倒掉，免得惹罪上身。但是这一番说辞却使我多年来对文化艺术思索的瓶颈豁然贯通，文化的推动靠的是怀抱，不是金钱；艺术的发展靠的是热情，不是价目。然而在工商社会里，仿佛什么都被倒错了。

没想到一百元买来的"琴手蟹"（写这三个字好像那蟹正拨着一把琴，传来叮叮当当的乐声）惹来这么多的麻烦，今夜重读《金刚经》，读到"一切众生，皆有佛性，本来不生，本来不灭，只因迷悟，而致升沉"时，突然想起那些琴手蟹来，也许在迷与悟之间，只吃了一只琴手蟹，好像就永劫堕落，一直往下沉了。

也许，琴手蟹的前生真是一个四处流浪弹琴的乐手呢！

好香的臭豆腐

我们要有更广大的包容、
更多元的心来容忍世间的异见，
因为兰花虽香，
但海边有逐臭之夫！

路过一家小店，看到店招上写了几个大字："好香的臭豆腐，好烂的大肚面线"，好像对联一样，上面还有一个横披，写着："欢迎品尝"。我站在那个招牌前面凝视了很久，虽然我不喜吃臭豆腐和大肚面线，仍然为这个别出心裁的招牌而感叹。

臭豆腐顾名思义，当然是臭的，而且愈臭愈好，然而奇特的是，臭豆腐的香臭只是一种认定，嗜食其味的人，会把"臭"当作"香"，因而臭豆腐即是香豆腐。在某种情况下，臭豆腐与鸡屁股似乎是同类的东西，有时候路过街头，看人卖鸡屁股，五个一串、十个一串，也会感到大惑不解，屁股原是拉杂之所，嗜食的人却觉得其香无比，否则怎么能一次五粒、十粒的吃呢？

延伸其义，我们对于那些味道奇特的事物也可说是："好香的榴榴""好香的超士""好甜的苦茶""好清的苦瓜""好香的辣椒""好吃的鹿尿"(鹿尿是一种台湾食品,即腌渍蒜头,日据时代醮于鹿尿或马尿中而得名)。

"好烂的大肚面线"也是如此,烂!本来是个不好的字眼,在《吕氏春秋》里是"过熟"的意思;《淮南子》里说是"腐败"的意思;《左传》里说是"火伤"的意思。但是灿烂、烂漫,也是同一个烂,甚至象征光明之极致说是"异色兮纵横,奇光兮烂烂"(魏书袁翻传)。用在大肚面线也是恰当不过的,想来大肚面线如果不烂,一定是不好吃的。

我对大肚面线没有什么印象,对臭豆腐则是印象深刻的,因为从前居住在木栅的时候,巷口就有一摊卖臭豆腐的小贩,也是"好香的臭豆腐"之流,由于巷口是唯一的通道,因此几乎是"无所遁逃于天地之间",每日只好掩鼻而过。并且在路过时看到食客众多,乐享美味的时候,感到大惑不解。

我大概是天生比较中庸的那种人,对于生命中极端的事物向来没有尝试的勇气,臭豆腐即其一端,所以天天路过有两年之久,竟从未坐下来吃一块臭豆腐。

后来在杂志上读到臭豆腐的做法,是把硬豆腐泡在腐鱼腐肉和烂了的高丽菜叶中发酵做成的(当然还有别的做法,不过只有这种方法才是正统的遵古法制)。再加上油炸臭豆腐的油要和臭豆腐匹配,常常是炸几个月不换油,卫生堪虑。这两点光是想起来就恐怖至极,从此更没有勇气吃臭豆腐了。

我第一次在台北吃臭豆腐,是和新象活动中心的负责人许博允，许博允是个天真烂漫的人，他对食物和对音乐都极有冒险犯难的精神。有一次他约我到东门临沂街上的"小白屋"吃消夜，他叫了一盘"清蒸臭豆腐"，端来的时候我大吃一惊，因为那清蒸的臭豆腐饱满像白玉一样，米色中透着一层淡淡的绿，上面撒了香菜末。

看了令人食指大动，但我想到腐鱼腐肉的制造方法，还是不敢吃，许博允当场把老板拉来，解释他们做的臭豆腐绝对干净安全，两人并拍胸脯保证，我才举箸吃了一些，唉唉！真是滋味不凡，风味难以形容。

从此竟然上瘾，那时我住在临沂街，离小白屋餐厅散步只要五分钟，几乎平均一星期吃两三次清蒸臭豆腐，才稍稍理解在街上吃臭豆腐者的心情。

这世界的香臭美丑并没有一定的道理呀！天下之至臭不是臭豆腐，在《吕氏春秋》（过合）篇里说："人有大臭者，其亲戚、兄弟、妻妾、知识，无能与居者，自苦而居海上，海上人有说其臭者，昼夜随之而弗能去！"说即是悦，有的人臭到亲戚朋友都不能忍受，只好自己住在海上，偏偏海上有人喜欢他的臭味，白天夜晚都追随他而离不开。曹植因而感慨地说："兰茝荪蕙之芳，众人之所好，而海畔有逐臭之夫！"

从"好香的臭豆腐"里，我们可以思考到生命一个严肃的课题，就是我们不应以僵化固定的眼睛或思维来观世界，而要有更广大的包容、更多元的心，来容忍世间的异见，那是因为兰花虽香，是众人所爱，但海边有逐臭的人呀！

菊花羹与桂花露

有一天到淡水去访友，一进门，朋友说院子里的五棵昙花在昨夜同时开了，说我来得不巧，没有能欣赏昙花盛放的美景。

"昙花呢？"我说。朋友从冰箱里端出来一盘食物说："昙花在这里。"我大吃一惊，因为昙花已经不见了，盘子里结了一层霜。

"这是我新发现的吃昙花的方法，把昙花和洋菜一起放在锅里熬，一直熬到全部溶化了，加冰糖，然后冷却，冰冻以后尤其美味，这叫作昙花冻，可以治气喘的。"

我们相对坐下吃昙花冻，果然其味芳香无比，颇为朋友的巧思绝倒，昙花原来竟是可以这样吃的？

朋友说："昙花还可以生吃，等它盛放之际摘下来，蘸桂花露，可以清肝化火，是人间一绝。尤其昙花瓣香脆无比，没有凡品可以及得上。"

"什么是桂花露？"我确实吓一跳。

"桂花露是秋天桂花开的时候，把园内的桂花全摘下来，放在瓶子里，当桂花装了半瓶之后，就用砂糖装满铺在上面。到春天的时候，瓶子里的桂花全溶化在糖水里，比蜂蜜还要清冽香甘，美其名曰'桂花露'。"

"你倒是厉害，怎么发明出这么多食花的法儿？"我问他。

"其实也没什么，在山里住得久了，这都是附近邻居互相传授，听说他们已经吃了几代，去年桂花开的时候我就自己尝试，没想到一做就成，你刚刚吃的昙花冻里就是蘸了桂花露的。"

后来，我们聊天聊到中午，在朋友家吃饭，他在厨房忙了半天，端出来一大盘菜，他说："这是菊花羹。"我探头一看，黄色的菊花瓣还像开在枝上一样新鲜，一瓣一瓣散在盘中，怪吓人的——他竟然把菊花和肉羹同煮了。"一般肉羹都煮得太浊，我的菊花羹里以菊花代白菜，粉放得比较少，所以清澈可食，你尝尝看。"

我吃了一大碗菊花羹，好吃得舌头都要打结了，"你应该到台北市内开个铺子，叫作'食花之店'，只要卖昙花冻、桂花露、菊花羹三样东西，春夏秋冬皆宜，包你赚大钱。"我说。

"我当然想过，可是哪来这么多花？菊花羹倒好办，昙花冻与桂花露就找不到材料了。何况台北市的花都是下了农药的，不比自家种，吃起来安心。"

然后我们谈到许多吃花的趣事，朋友有一套理论，他认为我们一般吃植物只吃它的根茎是不对的，因为花果才是植物的精华，果既然可以吃了，花也当然可食，只是一般人舍不得吃它。"其实，万物皆平等，同出一源，植物的根茎也是美的，为什么我们吃它呢？再说如果我们不吃花，第二天、第三天它也自然地萎谢了；落入泥土，和吃进腹中没有什么不同。

"我第一次吃花是在小学六年级的时候，那时和母亲坐计程车，有人来兜售玉兰花，我母亲买了两串，一串她自己别在身上，一串别在我身上。我想，玉兰花这样香一定很好吃，就把花瓣撕下来，一片一片地嚼起来，味道真是不错哩！母亲后来问我：你的花呢？我说：吃掉了。母亲把我骂一顿，从此以后看到什么花都想吃，自然学会了许多吃花的法子，有的是人教的，有的自己发明，反正是举一反三。

"你吃过金针花没有？当然吃过，但是你吃的是煮汤的金针花，我吃过生的，细细地嚼能苦尽回甘，比煮了吃还好。"朋友说了一套吃花的经过，我忍不住问："说不定有的花有毒哩？"他笑起来，说："你知道花名以后查查字典，保证万无一失，有毒的字典里都会有。"

我频频点头，颇赞成他的看法，但是我想这一辈子我大概永远也不能放胆地吃花。突然想起一件旧事，有一次带一位从英国来的朋友上阳明山白云山庄喝兰花茶，侍者端来一壶茶，朋友好奇地掀开壶盖，发现壶中本来晒干的兰花经开水一泡，还栩栩如生，英国朋友长叹一口气说："中国人真是无恶不作呀！"

对于"吃花"这样的事，在外国人眼中确是不可思议，因为他们认为花有花神，怎可那样吃进腹中。我当时民族自尊心爆炸，赶紧说：吃花总比吃生牛肉、生马肉来得文明一点吧！

可见每件事都可以从两面来看，吃花乍看之下是有些残忍，但是如果真有慧心，它何尝不是一件风雅的事呢？连中国人自认最能代表气节的竹子，不是都吃之无悔吗？同样是"四君子"的梅、兰、菊，吃起来又有什么罪过呢？

清雅食谱

有时候生活清淡到自己都吃惊起来了。

尤其对食物的欲望差不多完全超脱出来，面对别人都认为是很好的食物，一点也不感到动心。反而在大街小巷里自己发现一些毫不起眼的东西，有惊艳的感觉，并慢慢品味出一种哲学，正如我常说的，好东西不一定贵，平淡的东西也自有滋味。

在台北四维路一条阴暗的巷子里，有好几家山东老乡开的馒头铺子，说是铺子是由于它实在够小，往往老板就是掌柜，也是蒸馒头的人。这些馒头铺子，早午各开笼一次，开笼的时候水汽弥漫，一些嗜吃馒头的老乡早就排队等在外面了。

热腾腾、有劲道的山东大馒头，一个才五块钱，那刚从笼屉里被老板的大手抓出来的馒头，有一种传统乡野的香气，非常的美味，也非常之结实，寻常一般人一餐也吃不了这样一个馒头。我是把馒头当点心吃的，那纯朴的麦香令人回味，有时走很远的路，只是去买一个馒头。

这巷子里的馒头大概是台北最好的馒头了，只可惜被人遗忘。有的馒头店兼卖素油饼，大大的一张，可蒸、可煎、可烤，和稀饭吃时，真是人间美味。

说到油饼，在顶好市场后面，有一家卖饺子的北平馆，出名的是"手抓饼"，那饼烤出来时用篮子盛着，饼是整个挑松的，又绵又香，用手一把一把抓着吃。我偶尔路过，就买两张饼回家，边喝水仙茶，抓着饼吃，如果遇到下雨的日子，就更觉得那抓饼有难言的滋味，仿佛是雨中青翠生出的嫩芽一样。

说到水仙茶，是在信义路的路摊寻到的，对于喝惯了茉莉香片的人，水仙茶更是往上拔高，如同坐在山顶上听瀑，水仙入茶而不失其味，犹保有洁白清香的气质，没喝过的人真是难以想象。

水仙茶是好，有一个朋友做的冻顶豆腐更好。他以上好的冻顶乌龙茶清焖硬豆腐，到豆腐成金黄色时捞起来，切成一方一方，用白瓷盘装着，吃时配着咸酥花生，品尝这样的豆腐，坐在大楼里就像坐在野草地上，有清冽之香。

有时食物也能像绘画中的扇面，或文章里的小品，音乐里的小提琴独奏，格局虽小，慧心却十分充盈。冻顶豆腐是如此，在南门市场有一家南北货行卖的"桂花酱"也是如此，那桂花酱用一只拇指大的小瓶装着，真是小得不可思议，但一打开桂花香猛然自瓶中醒来，细细的桂花瓣还像活着，只是在宝瓶里睡着了。

桂花酱可以加在任何饮料或茶水里，加的时候以竹签挑出一滴，一杯水就全被香味所濡染，像秋天庭院中桂花盛放时，空气都流满花香。我只知道桂花酱中有蜜、有梅子、有桂花，却不知如何做成，问到老板，他笑而不答。"莫非是祖传的秘方吗？"心里起了这样的念头，却也不想细问了。

桂花酱如果是工笔，"决明子"就是写意了。在仁爱路上有时会遇到一位老先生卖"决明子"，挑两个大篮用白布覆着，前一篮写"决明子"，后一篮写"中国咖啡"。卖的时候用一只长长的木勺，颇有古意。

听说"决明子"是山上的草本灌木，子熟了以后热炒，冲泡有明目滋肾的功效，不过我买决明子只是喜欢老先生买卖的方式。并且使我想起幼年时代在山上采决明子的情景，在台湾乡下，决明子唤作"米仔茶"，夏夜喝的时候总是配着满天的萤火入喉。

对于能想出一些奇特的方法做出清雅食物的人，我总感到佩服，在师大路巷子里有一家卖酸酪的店，老板告诉我，他从前实验做酸酪时，为了使乳酪发酵，把乳酪放在锅中，用棉被裹着，夜里还抱着睡觉，后来他才找出做酸酪最好的温度与时间。他现在当然不用棉被了，不过他做的酸酪又白又细真像棉花一般，入口成泉，若不是早年抱棉被，恐怕没有这种火候。

那优美的酸酪要配什么呢？八德路一家医院餐厅里卖的全黑麦面包，或是绝配。那黑麦面包不像别的面包是干透的，里面含着一些有浓香的水分，有一次问了厨子，才知道是以黑麦和麦芽做成，麦芽是有水分的，才使那里的黑麦面包一枝独秀，想出加麦芽的厨子，胸中自有一株麦芽。

食物原是如此，人总是选着自己的喜好，这喜好往往与自己的性格和本质十分接近，所以从一个人的食物可以看出他的人格。

但也不尽然，在通化街巷里有一个小摊，摆两个大缸，右边一缸卖"蜜茶"，左边一缸卖"苦茶"，蜜茶是甜到了顶，苦茶是苦到了底，有人爱甜，却又有人爱那样的苦。

"还有一种人，他先喝一杯苦茶，再喝一杯蜜茶，两种都要尝尝。"老板说，不过他也笑了，"可就没看过先喝蜜茶再喝苦茶的人，可见世人都爱先苦后甘，不喜欢先甘后苦吧！"

后来，我成了第一个先喝蜜茶，再喝苦茶的人，老板着急地问我感想如何？"喝苦茶时，特别能回味蜜茶的滋味。"我说，我们两人都大笑起来。旁边围观的人都为我欢欣地鼓掌。

食家笔记

长板条上

所有的日本料理店，靠近师傅料理台一定有一个用木板钉成的长板条，这板条旁边的椅子一般人不肯去坐，原因无他，只是不够气派。在台湾，日本料理店生意最好的是在房间，其次是桌子，最后才是围着师傅的板条；在日本则反其道而行，最好的是板条边。

吃日本料理，当然不得不相信日本人的方式。这个长板条之所以受人喜欢，是日本人去喝酒的大部分是小酌而不是大宴，一个人坐在长板条边是最自在的。

如果你要吃好东西，也只有在长板条上。因为坐在长板条边，马上就靠近师傅，日久熟识互相询问家常，师傅一边谈话一边总会在他身边抓一些东西请你，像毛豆、黄瓜、酱萝卜、生芹菜包芝麻之属，有时候甚至挖一勺刚做好的鱼子给你，或者把切剩最好的一条鱼肚子推到面前，向你说："傻必是（日语"寂寞"的音写）啦！"

坐长板条的客人通常不是寻常客人，都是嗜好生鱼的，那么师傅会告诉你，今天什么鱼好、什么鱼坏，并非他故意去买坏鱼，是鱼市场的鱼货，今日有些不甚高明，然后会说："今天有一种好鱼，我切给您试试。"等你吃完满意了，他才切上算账的来，而你不要小看那一片试试的鱼片，料理店的一片好鱼，通常吃一口要一百元。

长板条是最能学吃日本料理的地方，因为所有的东西都摆在面前，有许多选择的机会，如果是坐在房间里的客人，吃一辈子日本料理，可能许多海鲜见都没有见过。

长板条上也是最有人情味的地方，只要坐在长板条边，总不会吃得太坏，中国人说"见面三分情"，大师傅就在面前，总不好意思弄一些差的东西给你。而且师傅无形中聊起日本料理的种种，自然就是在传法给客人了，最最重要的是，如果是熟客人，价钱总会算得便宜一些，因为在日本料理店中，每张桌子都由服务生开单，唯有在长板条上是"自由心证"，全权由师傅掌握，熟人好说话，一定比房间里便宜得多。

在日本一些专卖生鱼和寿司的店，有时没有桌子，只有板条四桌围绕，师傅们则站在里面服务，一个师傅平常就照顾五张椅子，有那相熟的客人往往不仅认店，还要认师傅，这时不仅手艺比高下，连亲切都要一比，因而店中气氛融洽，比其他日本料理店要吵闹得多。

由于日本人生鱼生虾吃得厉害，所以卫生新鲜要格外讲究，听说要是在日本吃料理中了毒，可以向店里控告，赔偿起来大大的不得了，而坐在长板条上不但可以控告店里，连认得的师傅都可以告进官里去。因此师傅们无不戒慎恐惧，害怕丢了饭碗，消费者得以安心大啖其生猛海鲜。

我过去不觉得日本料理有什么惊人之处，有一回和摄影家柯锡杰去吃日本料理，第一次坐在长板条上。老柯与师傅相熟，大显身手叫了许多平日不易吃到的东西，而且有大部分是赠送的，这时始知吃日式料理也大有学问，老柯说："日本料理的师傅也是人，有荣誉心，如果遇到一位好的吃家，他恨不得自己的肚子都切下来给你下酒，谁还在乎那区区几个钱呢？"

柯锡杰早年留学日本，吃日本菜是第一流的高手，但是他说："不管吃什么菜，认识大师傅是必要条件，中国菜也是一样的吧！菜里无非人情，大师傅吩咐一声，胜过千军万马。我早年在美国当厨子，自己发明一道烤鸡，名称就叫'柯氏鸡'，与'麻婆豆腐'一样，以人名取胜，结果大家都爱吃这道菜，不一定是菜有什么高明，是他们认识了柯氏，在人情上，总要试试柯氏鸡的滋味吧！"

这使我想起另一位吃家欧豪年。欧豪年每次在餐馆请客，一定提前半个小时前往，我觉得奇怪，不免问他，他说："主要是先来挑鱼，同样的鱼，只要大小不同味道就差很多，像青衣石斑之属，一斤左右的最好，太小的肉烂，太大的肉老。其次是先和师傅打个招呼，他就会特别留意，做出真正的好菜来，就说蒸鱼好了，火候最重要，要蒸到完全熟了可是还有一点点肉粘在骨头，那个节骨眼上，只有一秒钟的时间。"

中国人吃饭挑师傅相熟的馆子，和日本人在长板条上挑师傅一样，是人情味的表现。我曾在一家日本料理店看一个日本人在长板条上，每吃一片生鱼就喝一杯清酒，一边和师傅聊天，最后竟然大醉高歌而归，那时我想：使他醉的不一定是清酒，说不定是那个师傅！

梁妹

新加坡朋友何振亚颇有一点财富，待人热忱，我在新加坡旅行时住在他家，他最让人羡慕的不是他的有钱，而是他有个好厨子。

何振亚的厨子是马来西亚籍的粤人，是个单身女郎，她身材高挑，眉清目秀，年三十余岁，等闲看不出她有什么好手艺，但她是那种天生会做菜的人。

这梁妹不像一般用人要做很多事，她主要的工作就是做做三餐。我住在何家，第一天早上起床，早餐是西式的，两个荷包蛋，两根香肠，一杯咖啡，一杯牛奶、果汁。奇的是，她的做法是中式的，蛋煎两面，两面皆为蛋白包住，却透明如看见蛋黄——这才是中国式的"荷包蛋"，不是西式的一面蛋——而那德国香肠是梁妹自灌的，有中西合璧的美味。

正吃早餐的时候，何振亚说："你不要小看了这鸡蛋，你看这鸡蛋接近完全的圆形，火候恰到好处，这不是技术问题。梁妹是个律己极严的厨师，她煎蛋的时候只要蛋有一点歪，就自己吃掉，不肯端上桌，一定要煎到正圆形，毫无瑕疵才肯拿出来。我起初不能适应她的方式，现在久了反而欣赏她的态度，她简直不是厨子，是个艺术家嘛！"

梁妹犹不仅此也，她家常做一道糖醋高丽菜，假如没有上好的镇江醋，她是拒绝做的，而且一粒高丽菜，叶子大部分要切去

丢掉，只留下靠菜梗部分又厚实又坚硬的部分，切成正方形（每一个方形一样大，两寸见方），炒出来的高丽菜透明有如白玉，嚼在口中清脆作响，真是从寻常菜肴中见出功夫，那么可想而知做大菜时她的用心。有一回何振亚请酒席，梁妹整整忙了一天，每道菜都好到让人嚼到舌头。

其中一道叉烧，最令我记忆深刻，端上来时热腾腾的，外皮甚脆，嚼之作声，而内部却是细嫩无比。梁妹说："你要测验广东馆子的师傅行不行，不必吃别的菜，叫一客叉烧来吃马上可以打分数，对广东人来说，叉烧是最基本的功夫。"

梁妹来自马来西亚乡下，未受过什么教育，我和她聊天时忍不住问起她烹饪的事，她说是自己有兴趣于做菜，觉得煎一粒好蛋也是令人快乐的事。

"怎么样做到这么好？"

"一道做过的菜不要去重复它，第二次重新做同一道菜，我就想，怎么样改变一些佐料，或者改变一点方法，能使它吃起来不同于第一次，而且企图做得更好吃一点，到最后不就做得很好了吗？"

我在何家住了一星期，直觉得有个好厨子是人生一快，后来新加坡的事多已淡忘，唯独梁妹的菜印象至为深刻。我不禁想起以前的法国大臣 Talleyrand 奉派到维也纳开会，路易十八问他最需要什么，他说："祈皇上赐臣一御厨。"因为对法国人来说，没有好的厨子，外交就免谈了。

以前袁子才家的厨子王小余说："作厨如作医，以吾一心诊百物之宜。"又说："能大而不能小者，气粗也。能啬而不能华者，才弱也。且味固不在大小华啬间也。能者一芹一菹皆珍怪，不能则黄雀鲊三楹无益也。"真是精论，一个好厨子做的芹菜绝对胜过坏厨子做的熊掌。

做一个好厨子的条件是怎样的呢？

美国玄学大师华特 (Alan Watts) 说："杀一只鸡而没有能力将之烹好，那只鸡是白死了。"

法国人爱调戏人，他们常问的话是："你会写文章，会画图作雕刻，你好像什么都有一手，且慢，你会烧菜吗？"呀哈！如果你只会写文章，不会烧菜，只能算是"作家"，不能算是"艺术家"，骄傲的法国人眼中，如果你不会烧菜，最少也要具有好舌头，否则真是不足论了。

得过最高荣誉勋章的法国大厨波古氏 (Bocuse) 说过："发现一款新菜，比发现一颗新星，对人类的幸福有更大的贡献。"诚不谬哉！

响螺火锅

在纽约旅行的时候，有一天雕刻家钟庆煌在家里请吃火锅，约来了纽约的各路英雄好汉，有画家姚庆章、杨炽宏、司徒强、卓有瑞，摄影家柯锡杰，舞蹈家江青，作家张北海。

那一天之所以值得一记，是因为钟庆煌准备了难得吃到的响螺火锅。响螺是电影中常见海盗用来吹号的那种螺，体形十分巨大，吃起来颇费时，故一般西方人很少食用，在纽约只有中国城有得卖。

钟庆煌说，他为了准备这响螺火锅已整整忙了一天，一大早就走路到中国城挑选合适的响螺，由于响螺壳坚硬无比，必须用榔头敲开，敲开之后只取其前半部（像吃蜗牛一样，前半部才是上品）。取下后切片也不易，因响螺肉韧，必须用又利又薄的牛排刀才能切成薄片，要切得很薄很薄，否则就不能吃火锅了。

听钟庆煌这样一说，大家都颇为感动，而且听说一般馆子吃响螺不是用焖就是用炖的，用来吃火锅还是钟庆煌的发现。

那一次吃响螺片火锅滋味难忘，因肉质鲜美，经滚水烫过有一股韧劲和脆劲，吃起来有点像新鲜的鲍鱼片，但比鲍鱼更有劲道，而且响螺肉有点透明感，真是人间美味。吃涮响螺片时我才发现，如果真有至味，不一定要依赖厨子，然而火候仍是不可忽视的，透明的螺片下锅转白时即捞起，否则就太老了。

回台北后，吃火锅时常想起雕刻家亲手拿榔头敲开的响螺火锅，可惜找不到响螺，后来在南门市场一家卖海鲜的摊子找到了响螺，体积比美国的小得多，要价一两十五元，摊贩说是澎湖的响螺，滋味比美国的好，因为美国的长得太大了，肉质较硬。

带一些回来试做，才发现不然，因美国响螺大，切片后吃火锅较适合，澎湖的嫌小了一些。后来我想了很久，用一个新的方法做，先炖鸡一只，得汤一碗，再用鸡汤煨响螺片约十分钟，味道鲜美无比。

现在台北的馆子里也开始做响螺，尤其广东馆子最多，通常也是用鸡汤煨，再焖一些青菜进去，是正统的吃法；另有一法是将螺肉挖出剁碎，和一些碎肉虾泥再塞回螺壳中蒸熟，摆在盘子里非常壮观，可惜风味尽失。这使我想到生猛的海鲜本身的味道已经各擅胜场，纯味最上，配味次之，像什么虾球、花枝丸、蚵卷、蟹饺等等都是等而下之了。

画家席德进生前也是有名的吃家，他就从不吃虾球之属，理由之一是：谁知道那是什么做的。理由之二是：即使用虾也不会用好虾，好好的虾子干吗炸虾球？——真是妙见，把新鲜响螺剁碎了，简直是暴殄天物。

但这也不是绝对的，做汤的时候，用一个响螺同做，味道就完全不同。问题是，这时的响螺肉就不能吃了——这似乎是吃家的原则之一，你有一种东西只能选择一种吃法，不能既要喝汤又要吃肉。

荷叶的滋味

在台北的四川馆子和江浙馆子里，常常有一道叫"荷叶排骨"，荷叶排骨就是用荷叶包排骨到大锅里去蒸，通常要选肥瘦参半的肉排，因为太瘦了用荷叶蒸过会涩口，肥则不忌。

用荷叶蒸排骨实在是大学问，也是大发明。由于火蒸之后，荷叶的香气穿进排骨，而排骨的油腻则被香气逼了出来，两者有了巧妙的结合，是锡箔排骨远远不及的。广东馆子用荷叶包糯米团，糯米中可有各种变化，咸者可以包肉，甜的可以包芝麻或豆沙，不管做什么，都非常鲜美，真是把荷叶用到出神入化的地步。

使用荷叶也是大的学问，一家馆子师傅告诉我，包荷叶只能取用质软的一部分，靠茎的部分则不能用。而且荷叶刚采时并不能用，易于断裂，须放置一日，叶已软而不失其青翠，放置过久的荷叶一下锅蒸出来就乌黑了。

荷叶在中国菜里使用并不广，记得台湾乡下有一种"荷叶粿"，是用荷叶包粿，有咸甜各味，一打开荷香四溢。我幼年时代有一位三姑妈擅做这种荷叶粿，但姑妈去世后，我已多年未尝此味，只是一想起，荷叶仍然扑鼻而香。

植物的叶子在中国菜中是配味，不论怎么配，确实可以改变味道，如同端午节使用的粽叶。在乡下，光是粽叶的价钱就有好多种，好的粽叶做出来的粽子就是不一样。嘉义以南，有许多人包粽子用大的竹叶，味道又不同了，它没有粽叶浓香，格外带一点清气，和荷叶粿有点相似。

台湾乡人节省，有的家庭把吃剩的粽叶洗净、晾干，第二年再来使用，这时包的虽是粽子，殊不知风味已经尽失了。这与台北一般大馆子做鸽松、小馆子做蒸饭，常使用到竹筒，但那竹筒一用再用，早就毫无滋味，那么，用竹筒和用别的容器又有何不同呢？

台北苏杭馆子里，信义路有一家的包子做得有名，包子倒无特殊之处，只是它蒸的时候笼子里铺了干草，这一出笼时就完全不同了，和荷叶排骨一样，它把包子的油蒸了出来，却又表现了包子的精华。唯一遗憾的是，那些干草并不是用一次就算，失去了发明时的原意。

中国菜里讲究的火功，到细微处，菜肴身边的配置十分重要，荷叶是其明显的一端。古时不用瓦斯，光是木炭都有讲究，喝茶时用松枝烹茶，松树之香气会穿壶入水，称之为"松枝茶"。我童年的时候，母亲常用蔗叶煮饭烧茶，做出来的饭，泡出来的茶都有甜气，始知小如叶片，也有大的用途。

荷叶的滋味甚好，使人想起中国菜实是中国文化的表现，荷叶固可以入诗入画，同时也能入菜，入菜非但不会使荷叶俗去，反而提高了一道菜的境界，只是想到荷叶难求，心中未免怏怏。

在乡下，使用荷叶原不是有特别的妙见，而是就地取材，记得我的姑妈当年包"荷叶粿"时，并非四时均有荷叶可用，有时也取芋叶或香蕉叶代之，那时每次使用别的叶子，姑妈总爱感叹："这芋叶、香蕉叶蒸的粿，怎么吃总是比不上荷叶，少一点香气。"

如今想起来，只是习惯造成的感觉，芋叶有芋叶的好，蕉叶也有蕉叶之香，我倒是觉得说不定连梧桐叶都可以做排骨呢！

新加坡、马来西亚、印尼、印度一带，人民就擅于使用树叶，路边小摊常有各种树叶包着的东西，卖的时候放在火上一烤即成，我在当地旅行时，爱在路边吃这些东西，发现不只是肉，连鱼虾都包在叶子里烤，这样烤的好处是水分保留在叶子里，不失去原味，而且不会把东西烤坏。

中国菜使用叶子，通常用的是蒸，适于大馆子。说不定还可以发展烤的空间，让升斗小民也能尝到荷叶的滋味！

张东官与麦当劳

近读《紫禁城秘谭》，里面写到清朝最爱吃的皇帝是乾隆，而乾隆最爱吃的是江苏菜，万寿节及其他节日常开"苏宴"，当时御厨里的苏州厨役有张东官、赵玉贵、吴进朝诸人，他常吃的菜有"燕窝黄焖鸭子炖面筋""燕窝红白鸭子筋炖豆腐""冬笋大炒鸡炝面筋""燕窝秋梨鸭子热锅""大杂烩""葱椒羊肉"等等。

但是，到了张东官出现以后，其他苏州厨子则黯然失色，张东官可以说是清朝风头最健的人物。

当时乾隆皇帝到处巡狩，各地大臣为了讨好皇上，到处去访寻庖厨名手，张东官就是长芦盐政西宁出重金礼聘自苏州。乾隆三十六年二月，皇帝出巡山东，西宁进张东官淮菜四品，其中有一品是"冬笋炖鸡"，很合皇帝口味，吃完以后，皇帝赏给张东官一两重的银锞两个，此后，皇帝每吃一次张东官的菜就赏银二两，一直到三月底回京。

乾隆四十三年，皇帝再次出巡盛京，传张东官随营做厨，七月二十二日张东官做了一品"猪肉砂馅煎馄饨"，晚上又做"鸡丝肉丝油煸白菜一品""燕窝肥鸡丝一品""猪肉馅煎粘团一品"，极为称旨，吃完后，皇帝赏银二两。

不久之后，张东官时常做菜进旨，如"豆豉炒豆腐""糖醋樱桃肉"，又做"苏造肉，苏造鸡、苏造肘子"，这段时间，皇帝时常赏赐，记载上赏过"熏貂帽檐一副""小卷缎匹""大卷五丝缎一匹"，可见皇帝对一个好厨子的礼遇。

乾隆四十六年二月，张东官正式入宫当御厨，官居七品，更得皇帝的宠爱。《紫禁城秘谭》写到张东官的最后一段是：

"乾隆四十八年正月初二日晚膳，张东官做'燕窝脍五香鸭子热锅一品''燕窝肥鸡雏野鸡热锅一品',尤称旨,屈指初承恩眷,至是匆匆十二年矣!"

张东官大概是清朝最后一位最有名的厨子,从皇帝对他的赏赐、别人对他的敬爱有加,可以知道一名好厨子是多么难求。好厨子就如同艺术家,原不必来自宫廷,民间也自有奇葩。我看了张东官十分传奇的历程,以及他做给乾隆吃的一些菜名,真觉得上好的烹调是一菜难求。

就说一道"豆豉炒豆腐","不知用何种配料,就膳档规之,帝殊嗜爱。"豆豉和豆腐都是民间之物,任何乡下村妇都能做这道菜,可是张东官的火候却可以惊动皇上,一定是厨之外还有艺。

"厨之外有艺"是中国菜的传统,不但要在味道上讲求,在颜色上讲究,甚至在名字上也都别出心裁,犹如新诗创作。看到好的名字、好的味道、好的颜色,忍不住会从人的喉头伸出一只手来。

说到厨子,有一回叙香园的老板请吃饭,把他们馆子里大部分的菜全端出来,一共二十四道,品品都是好菜,叫人吃了仰天长啸,我问杨先生:"你们馆子里有多少名菜呢?"

"大致就是你吃的这些了,一个饭店里只要有二十道菜就是不得了的,要知道一般小馆只要有一道招牌好菜也就不容易了。"

然后我们谈到厨子,杨先生觉得好的厨子是天才人物,不是训练可以得致,因为好厨子的徒弟总是不少,但成大厨的永远是少数的少数,没有一点天生的根器是不成的。厨艺又和艺术相通,所以一般艺术家自己都能发明出几道好菜来。

我问到一个俗气的问题:"那么一个好厨子目前的薪水多少

呢？"杨先生说那是要看他的号召力，像叙香园的大厨，一个月的薪水是三十万新台币，比起一家大公司的总经理毫不逊色。

我想到三十万台币是十几两黄金，那么现代大厨的待遇恐怕远超过乾隆皇的御厨张东官了。可是一个名厨足以决定一家饭店的成败，三十万也实在是合理的待遇，你看台北的馆子何止千百，能打出大师傅招牌的却没有几个。

看完《紫禁城秘谭》，我到台大附近去买书，发现台大侧门对面也开了一家麦当劳，门口大排长龙，心中真是无限感叹，中国这样优秀的饮食传统恐怕有一天要被机器完全取代了。将来如果我们要找名厨，真只有到典籍去找了。

我们当然不必一定吃张东官的好菜，但是，能把豆豉炒豆腐做好的厨子，现在还剩几个呢？

吃客素描

我有一个朋友陈瑞献，是新加坡、马来西亚一带有名的艺术家，同时是有名的吃家，他以前在《南洋商报》上写吃的专栏，十分叫座，对吃东西之讲究罕有其匹。

瑞献和现在中国台湾法国文化中心主任戴文治是黄金拍档，两人时常一起到世界各国去大吃，事后互相研究讨论。在吃这一方面，配合得像他们这样好的也很少见。

说到他们两人的相识也是奇遇，戴文治来台湾以前，是法国驻新加坡的大使，陈瑞献正好是新加坡法国大使馆的秘书，本是主属关系，由于两人都好吃并且酷爱艺术，竟成好友，交相莫逆，以兄弟相待。

这两个吃家好吃到什么程度呢？陈瑞献常说："人生有四件大事，除了吃以外，其他三件我已忘记。"他们是那种有了好吃的东西可以丢掉其他三件的人。瑞献每天除了吃好吃的东西，生活几乎是邋遢的，衣着方面，他虽在大使馆上班，却终年穿着短裤、拖鞋到办公室，由于他名气太大，久之大家也习以为常。在住的方面，他住的地方对面就是新加坡有名的绿灯户，是黑社会争取的地盘，虽是两层洋楼，家中堆满凌乱的字画，找个能坐的地方都感到困难。在行的方面，他开着大使馆所有的一部福特跑车，车龄已有六七年历史，他开到哪里停到哪里，由于挂着使馆牌，即使在管理严格的新加坡也享有特权，他那部车是新加坡少数有名的"大牌"之一，车子够老，牌子够硬。

瑞献书画、文章、金石都是绝活，除了这些，对他最重要的大概就是吃了。

有一年，瑞献因公来台北，我说是不是可以看看他的行程，他把纸拿出来，里面几乎没有行程，只写了三餐用餐的地点，和吃些什么菜。

"这就是你的行程吗？"我说。

"是呀！有什么比吃更重要呢？"

他说出外游山水固好，但对他们这种经常世界各处跑的人已没有什么意义，吃吃好东西才是最实在的。我看他的"行程表"（就是吃程表）中有一天中午空白，表示我要做东，那时我正想去法国，在办理赴法签证，大权在戴文治手中，便约戴文治一同前往。

当时在戴文治家中，瑞献指着戴文治对我说："你请他吃饭可要当心，要是吃到什么难吃的菜，你的法国签证就泡汤了，假如吃到好菜，说不定给你一张法国护照。"

三人哈哈大笑，戴文治补充说明："我的权力没有那么大，最长只能给你签六个月。"

"当然，如果不给你签，你这辈子别想去法国了。"瑞献爱开玩笑，"完全就看你怎么安排了。"

兹事体大，当下三人摊开吃的地图（戴文治家中有一本专门记载台北馆子的书籍，有图表）研究，我从罗斯福路、和平东路、信义路、仁爱路、忠孝东路一路问下来，大部分有名的馆子他们都吃过了，这使我大吃一惊，因为台北爱吃的人虽多，吃得这么全的也算少见。

后来我卖了一个关子，说："这样好了，明日午时就在法国文化中心集合，我带你们去吃，但先不说吃的地点和吃些什么。"两人相视一笑，点头答应。

第二天，我带他们到仁爱路的"吃客"去吃，果然他们没有吃过，大为惊奇。台北居然有他们没吃过的馆子。我叫了一些普通的菜，记得是咸猪脚、风鸡、醉虾、干丝牛肉、吃客鲳鱼、炒年糕、黄鱼羹、香菇鸭舌汤，每出来一道菜都叫他们舌头打结；事实并不是菜烧得多了不起，只是吃客猪脚、风鸡、醉虾对初尝的人确是异味，而黄鱼羹之鲜美，香菇鸭舌汤以五十只鸭舌做成，都是富有舌头震撼力的。

吃完后叫了一客豆沙锅饼，一客芝麻糊，吃得两位名吃客喷啧称奇。

结束之后，我问戴文治："味道如何？"

"六个月，六个月。"戴忙着说，意即我的法国签证，他可以给我签最长的时间。

"这样棒的一顿饭才值六个月吗？"瑞献打趣道，我们不禁拍案大笑。

这时我才透露了为什么选"吃客"的原因，因为在戴文治的"秘籍"中并没有"吃客"的记载，胜算很大。我们谈到，选择馆子事实上没有叫菜重要，因为每一个馆子的师傅总有一两道"招牌好菜"，有时一家馆子就靠一道菜撑着，如果去吃馆子不知道叫菜，如同盲人骑马，只知有马，不知马瞎，真是太可怕了。

好菜的功能之大甚至影响到法国签证呢！可不慎哉！

后来我到新加坡，瑞献一来就为我开了一张食单，每天让我早、午餐自便，晚餐如果没有特别应酬，则听他安排。他找到的菜馆不论大小，菜都是第一流的，即使是路边小摊吃海鲜，他也都能找到又新鲜又好吃的地方——这真是食家本色，好的食家是不摆排场、不充阔佬的，一万块吃到好菜不是本事，一千块吃到好菜才是本事；能吃海鲜不是本事，要便宜吃到好海鲜才是本事；知道名菜名厨不是本事，连街边小摊都了然于胸才是本事。

有瑞献带路去吃，差一点把我的舌头忘在新加坡。

遗憾的是，瑞献为我排了一餐俄国菜、一餐印度菜，由于那两天都有朋友的应酬，因而分别在江浙馆和广东茶楼吃饭，至今引为憾事。瑞献表现在吃的兴趣是令人吃惊的，他不但餐餐陪我们吃，毫无倦容，而且吃得比我们还有味。有一回吃潮州菜，我看他吃得趣味盎然，忍不住问他："你吃过这么多次，还觉得好吗？"

他正色道："好的菜就是你吃几十次也不会腻的，就像一幅好的画挂在家中三五年，你何尝厌倦？"

他继续说："吃好菜的时候总要把心情回到最初，好像是第一次品尝，让味蕾含苞待放，这就像和情人接吻，如果真爱那情人，不管接多少次吻都有不同的滋味，真正的吃家对待食物要像对待情人。"

他告诉我，有一次他和戴文治在法国吃鸡肉，戴文治在一食三叹之后求见厨师，当那顶白高帽在厨房门口出现，戴文治自动站起来，先向厨师致敬，再与他交谈。他说："事后，戴文治对我说，他敬爱厨师，一如敬爱情人；对于那些失去做爱能力的人，佳肴是最好的补偿。"

瑞献常说："不惜工本以快朵颐是食客本色。"又说："让蠢人错把你当白痴者，是一流食家的逸乐。"又说："品味如品画，庖者所以是画人。"他为了吃，有时甚至是疯狂的。

举例来说，一九八一年中国大陆出来一个"锦江华筵访问团"，整个锦江师傅坐专机到新加坡，包括锅铲、碗筷、重要材料全是专机空运。锦江师傅在玻璃屋内做菜，吃客可以在外面观察他们的做法、刀功等等，从切菜、炒煮，到端盘出来一目了然。在新加坡来说，是难得的机会。

然而一桌菜叫价一万坡币（合二十万台币），瑞献兴起了吃的念头，他的妻子小菲极力反对，因为一万坡币不是小数目，后来瑞献想了个变通的办法，就是邀请十位朋友，一人出一千坡币（合两万台币），一起去吃锦江华筵，分摊起来负担就小了。

小菲仍不赞成，觉得花一千坡币吃一餐也不可思议，但瑞献对她说："你让我去吃这一餐，你只是心痛一阵子；如果你不让我去吃这一餐，我会遗憾一辈子。"他们伉俪情深，小菲只好节省用度，让他好好地吃一餐。事后他告诉我："真是值回票价！"小菲则对我说："幸好给他去吃，否则真会怨我一辈子，他吃了那顿饭，回来整整说了一个月。"

我和瑞献已有三年未见，但每次吃到好菜总不自觉想起他来，因为在这个世界上人莫不饮食，豪侈暴发之辈奇多，一掷万金者也所在多有，但鲜有能知味之人，知味是多么不易呀！

我们的通信开头总是："最近在××路发现××馆子，拿手好菜是……，味道……"结尾则是："几时来这里，一起去大吃一顿吧！"

知味不易，人生得知味之知己，是多么难呀！

肉骨茶

久闻新加坡的"肉骨茶"之名，一直感到疑惑，"肉骨"如何与"茶"同煮呢？或者有一种茶的名字和"乌龙""普洱""铁观音"一样，就叫作"肉骨"？

台北也有卖"肉骨茶"的，闻名前往，发现也不过是酱油炖排骨，心中大为失望，总是以为新加坡的肉骨茶到台北就变质了。因此到新加坡旅行的时候，当晚即请朋友带我到处处林立的"食街"云，目的是吃肉骨茶。

原来，所谓肉骨茶，肉骨和茶根本是分开的，一点也沾不上边。肉骨茶的肉骨是选用上好的排骨，煮的时候和甘蔗同煮，一直熬到肉骨与甘蔗的味道混成一气，风味特殊，里面还加了闽南人喜欢使用的材料——爆葱头。

吃完一大碗肉骨，接着是一小盅潮州的工夫茶，茶杯极小，泡的是很浓微带苦味的普洱；原因是肉骨非常油腻，汤上冒着厚厚的油花，据说普洱有清油开胃之效，吃完后颇能油尽回甘。

肉骨茶也不是新加坡的特产，它是传自中国潮州，在新加坡经营肉骨茶食摊的大部分是潮州人。但肉骨茶在该地有很大的影响，不但是一般小市民的早餐，也间接影响到其他食物的烹调，像有名的"海南鸡饭""潮州粥""咖喱鱼头"，吃完后总有一盅热乎乎的潮州茶。甚至连马来人、印尼人的沙嗲，在上菜之前，也有送茶的。究其原因，乃是这些油腻食物，在热带吃了会让人口干舌燥，来一壶茶马上使人觉得爽利无比。

我并不是说肉骨茶是一种多么了不得的美味，它甚至是闽南地区、南洋地区很普通的食物。但是我觉得能想到把肉骨和茶当作一体的食物，简直是一种艺术的创造。

吃肉骨茶时，我想起很早以前读钱锺书的《写在人生边上》，里面有这样一段："好吃可口的菜，还是值得赞美的。这个世界，给人弄得混乱颠倒，到处是摩擦冲突；只有两件最和谐的事物，总算是人造的：音乐和烹调。一碗好菜仿佛一支乐曲，也是一种一贯的多元，调合滋味，使相反的分子相成相济，变作可分而不可离的综合。最粗浅的例子像白煮蟹跟醋，烤鸭跟甜酱，或如西菜里烤猪肉跟苹果泥，渗鳖鱼跟柠檬片，原来是天涯地角，全不相干的东西，而偏有注定的缘分，像佳人和才子，母猪和癞象，结成了天造地设的配偶，相得益彰的眷属。"

说到烹调，原与艺术相通，调味的讲究固如同"一支乐曲"，中国厨子一向标榜的色香味俱全也兼备了颜色的美学。再往上提升，天地间调和的学问，无不如烹饪一样，老子说"治大国如烹小鲜"，伊尹说做宰相如"和羹调鼎"，都是这种智慧的至理名言。

在西方，烹调的想象力虽不如中国，但谚语也有"一人生食天下饥""希望好像食盐，少放一点，便觉津津有味，放得多了，便吃不下去"等语，全让我们体会烹调之学问大矣哉！

我想，人的喜怒哀乐诸情欲与禽兽总有相通之处，最大的不同，除了衣冠，便是烹调的艺术。人之外，没有一种禽兽是懂得烹调的。

我有一些朋友，每次走过卖炸鸡和汉堡包的食铺，总是戏称之为"野人屋"，因为在里面的人只求迅速填饱肚皮，食物全是机器做出来的，有的还假手电脑，迅速是迅速，进步则未必。

每次看到食谱，感觉也差不多。食谱总是作为人的初步，如果一个人一生全依食谱做菜也未免可悲，如何从固有的食谱里找出新的调配方法，上天入地独创一格，才够得上美，才能使简单的吃也进入艺术的天地。

从"肉骨茶"想到人不只在为了填饱肚皮，填饱肚皮以外还有吃的大学问。第一个把肉骨和茶同食，与第一位吃蟹蘸醋，吃鸭蘸甜酱，吃烤鱼加柠檬的人都是天才人物，不比艺术家逊色。做凡人的我们，如果在吃的时候能有欣赏艺术的心情，它的微妙有时和听一曲好听的音乐、看一幅好画、读一本好书并无不同。

倘若一个人竟不能欣赏美食，我想这样的人一定是与艺术无缘的。

一　味

乌铁茶

有一位朋友,独自跑到木栅的观光茶区去经营茶园,取名为"乌铁茶区"。据说,他是接下了一个患病农民的茶园,原因是自己很想做出一些自己喜欢的茶,让自己喝了欢喜,朋友喝了也欢喜。

"你喜欢的茶是什么呢?"

"中国的两大名茶,一是乌龙,一是铁观音,乌龙清香,铁观音喉韵好,这两种茶是完全不同的,我在少年时代就常想,有没有可能使两味变成一味呢?就是把乌龙和铁观音的优点融合,消除它们的缺点,所以把自己的茶园取名为乌铁茶园。"

"使两味合成一味"可能只是朋友的理想,但他在实验的过程中,却创造了许多滋味甚美的茶来,也由于有一个渴盼创造的心灵,他理想的茶虽未出现,对于人生、对于茶已经有了全新的体验。

他说:"当我心中有使乌龙与铁观音合一的愿望时,事实上那种茶已经完成了,虽然还没有做出来,总有一天会做出来。"

我走在朋友种的井然有序的茶园,看到洁白的小茶花,不禁

活着

從來

非易

事百

般糾結

到如今

唯向心中

尋清淨

陣風

一咻

一霎

閒愁不起

琭老樗

造

想起禅师所说的"家舍即在途中"，当一个人往理想愿望迈进的时候，每一步历程其实都与目标无异，离开历程，目标也就不存在了。

问题是，历程的体验与目标的抵达虽是一味，由于人自心的纷扰，它就成为百味杂陈了。

一味，不是生活里的柴米油盐，而是内心的会意。

一味，不是寻找一种优雅的生活，而是在散乱中自有坚持；在夏日，有凉爽的心，在冬天，有温暖的怀抱。

生命里的任何事都没有特别的意义，在平凡中找到真实的人，就会发现每一段每一刻都有尊贵的意义。

雀舌鹰爪

经营茶园的朋友，嫌现在的茶做得太粗，于是用手工采茶，用手工制茶，做出一种最好的茶，取名为"莲心茶"。

"莲心茶"只取茶最嫩的茶芽制成，一芽带两叶，卷曲有如莲子的心。

以茶芽制茶古已有之，《梦溪笔谈》说："茶芽，古人谓之雀舌麦颗，言其至嫩也。"《贡茶录》说："茶芽有数品，最上曰小芽，如雀舌鹰爪，以其劲直纤挺，故号芽茶；次曰拣芽，乃一芽带一叶者，号一枪一旗；次曰中芽，乃一芽带两叶，号一枪两旗；其带三叶四叶者，皆渐老矣！"

莲心茶必须在春天，气候晴和的早上去采，这时茶树吸收了昨夜的雾气，茶芽初发，一芽一芽地掐下来。

朋友说，现在的农夫觉得这样采茶芽太费工了，不符合成本效益，使得雀舌鹰爪徒留其名，早已成为传说了。

"但是，最好的总要有人去做，纵使被看成傻子也是值得的。"朋友说。

是的，最好的总是要有人做，我为朋友那种真挚求好的态度感动了。

他每年只做几斤莲心茶，只卖给善饮茶的人，每人限购二两，他说："最好的茶只给会喝的人，但是不能太多，太多就不会珍惜了。"

法也是一样吧！这个世间有许许多多的法，法味都不错，但最好的总要有人去做，即使被看成傻子也是值得的。

体会茶的心

不过，做茶也不能一厢情愿，而要体会茶的心。

朋友有一种很好的茶，叫"月光茶"，是在春天的夜间，用探照灯采的。他用探照灯在夜间采茶，曾被茶山的人看成是疯子。

他说："有一天，天气很热，我自己泡一壶茶喝，觉得茶里面还带着暑气，心里想，如果在有露水的夜里采茶，茶在夜露的浸润下，茶树的心情一定很好，也就没有暑气了。"

想到就做，竟让他做出像"月光茶"这样的茶来，喝的时候仿佛看见月光下吐露着清凉的茶园，心胸为之一畅。想到"冻顶乌龙"之所以比"乌龙"好，那是因为终年生于云雾风霜的极冻之顶，好像能令人体会茶里那冰雪的心。

我们与茶互相体会，与人间的因缘也要互相体会，作为佛教徒的人时常会觉得高人一等，自以为是众生的母亲，但是反过来想，我们已经在轮回中受生无数次，一切众生必都曾是我的母亲，这些在过去世中无数无量曾呵护、照顾、体贴、关爱过我们的母亲呀！如今就在我的四周。

一切众生为了生活，得不停忙碌地工作；一切众生为了呵护子女，要累积财富；以致他们没有时间全力修持佛法，但，不能修持佛法的母亲还是我最亲爱的母亲呀！我愿他们都拥有最美好的事物，也愿他们一切幸福。

如是思维，心遂有了月光的温柔与清凉。

不可轻轻估量

朋友来看我，知道我喜欢喝茶，都会带茶来送我，因此就喝到许多未曾想过的茶，像桂花茶、紫罗兰茶、菩提叶茶都还是普通的，有人送我决明子茶、芭乐叶心茶、荔枝红、柚子茶等等，各种奇怪的加味茶。

今天，一位朋友带来一罐人参乌龙茶，听说是乌龙茶王加美国人参制造的，非常昂贵。

我说："如果是很好的乌龙，就不会做成人参乌龙茶；如果是最好的人参，也不必做成人参乌龙茶。所以，所谓人参乌龙茶，应该都是次级的人参与次等的乌龙制造的。"

朋友听了哈哈大笑。

我说，这是实情，因为最好的茶不必加味，凡是加味者，都不是用最好的茶去做的。

朋友是来告诉我，某地又出现一位新的禅师，某地又出现一位新教主，某地又有一位宣称证得大圆满境界，由于是以神通经验来号召，信徒趋之若鹜。

他问我："你看这是真的？还是假的？"

我说："你管他是真是假，我们只要照管自己的心就好了。"

他又问："为什么台湾社会，近年来每年都会出现这样的人呢？"

我说："你觉得呢？"

"我觉得是社会竞争太厉害了，有一些人循正常的管道奋斗，不可能成功，最快成功的方法是自称教主、祖师，证得某种境界，因为这既有名有利，也不需要时间，不需要本钱，只要会演戏就好了。而且群众也无法去做检验，就像我要和人做生意，总会先调查他的信用，过去的经验有迹可循，可是这社会上自称成就的人往往是无迹可寻的。你认为我的看法怎样？"

"很好！"我说，"我还是觉得最好的茶是不用加味的，最好的法也是一味，对待加了许多味的法，与对待加了许多味的茶一样，要谨慎，不可轻轻估量！"

然后我们泡了一壶人参乌龙茶喝，不出所料，不是最好的茶叶，也不是最好的人参。

风格的芬芳

在南部六龟的深山里，有一种野生茶，近年已成为茶界乐道的茶。

野生茶听说已生长百余年的时间，是日据时代，或是清朝种在深山里而被人遗忘的茶树，由于多年未采摘，长到有一层楼高。

野生茶的神奇就在于每一棵的茶味都不一样，有独特的风格，例如有一棵有蜂蜜的味道，一棵有牛乳的味道，一棵有莲花香，这不是加味，是自然在茶叶中长成的。

因此，采野生茶的人要带许多小袋子，每一棵茶树采的装一袋，烘焙时也要每一棵分开，手工精制。这样费时费力做出来的茶，自然是价昂难求，有时有钱也买不到。

我在朋友家品尝野生茶，果然，每一棵都很不一样，我最喜欢带有莲花香的那一棵，喝的时候一直在寻思，为什么茶叶会自然长出莲花的香味呢？为什么会每一株茶的味道各自不同呢？

我想到，一棵茶树在天地间成长壮大，在时空中屹立久了，自然会形成一种独特的风格，这风格既不会妨碍它做一棵平常的茶树，但是有与一切茶树完全不同的芬芳。人也是如此，处于法味久了，自然形成风格，这风格不会使他异于常人，而是在人间散放了不同的芳香。

寒天饮茶知味在

与懂茶的人喝茶，有时候也挺累人，因为到后来，只是在谈对于茶的心得，很少真的用心喝茶，用的都是舌头。

有一天，一位素来被认为会喝茶的朋友来访，我边泡茶，边说："今天我们可不可以完全不谈茶的心得，只喝茶？"

朋友呆住了，说："我光喝茶，不谈茶，会很难过的。"

我说："我们过于讲究茶道而喝茶，会忘记喝茶最根本的意义，喝茶第一是要解渴，第二是兴趣，第三是有好心情，第四是有好朋友来，对茶的研究反而是最末节的了。"

然后，我们坐下来，喝茶！

那时候觉得赵州的"吃茶去！"讲得真好。

雪夜观灯知风在，寒天饮茶知味在，除了专心喝茶，我们并不做什么。喝了几盏茶之后，朋友说："今天真好，我现在知道茶不是用舌头喝的了。"

我想到，法眼文益禅师被一位学生问道："师父，什么是人生之道？"

他说："第一是叫你去行，第二也是叫你去行。"

是的，什么是饮茶之道，第一是叫你去喝，第二也是叫你去喝。

什么是佛法之道，第一是叫你去实践，第二也是叫你去实践。

"有没有第三呢？"朋友说。

"有的，第三是叫你行过了放下！"

这金黄色的茶汤呀！这人生之河的苦汁呀！这中边皆甜的法味呀！

一味万味，味味一味。

喝时生其心，喝完时应无所住，如是如是。

活出美感

辑五

发芽的心情

有一年，我在武陵农场打工，为果农收成水蜜桃与水梨。那时候是冬天了，清晨起来要换上厚重的棉衣，因为山中的空气格外有一种清澈的冷，深深地呼吸时，凉沁的空气就涨满了整个胸肺。

我住在农人的仓库里，清晨挑起箩筐到果园子里去，薄雾王在果树间流动，等待太阳出来时往山边散去。在薄雾中，由于枝丫间的叶子稀疏，可以清楚地看见那些饱满圆熟的果实，从雾里浮凸出来，青鲜的还挂着夜之露水的果子，如同刚洗过一个干净的澡。

雾掠过果树，像一条广大的河流般，这时阳光正巧洒下满地的金线，果实的颜色露出来了，梨子透明一般，几乎能看见表皮内部的水分。成熟的水蜜桃有一种粉状的红，在绿色的背景中，那微微的红如鸡心石一样，流动着一棵树的血液。

我最喜欢清晨曦光初见的时刻。那时一天的劳动刚要开始，心里感觉到要开始劳动的喜悦，而且面对一片昨天采摘时还青涩的果子，经过夜的洗礼，竟已成熟了，可以深切地感觉到生命的跃动，知道每一株果树全有着使果子成长的力量。我小心地将水蜜桃采下，放在已铺满软纸的箩筐里，手里能感觉到水蜜桃的重量，以及那充满甜水的内部质地。捧在手中的水蜜桃，虽已离开了它的树枝，却像一株果树的心。

采摘水蜜桃和梨子原不是粗重的工作，可是到了中午，全身大致已经汗湿，中午冬日的暖阳使人不得不脱去外面的棉衣。这样轻微的劳作为何会让人汗流浃背呢？有时我这样想着。后来找到的原因是：水蜜桃与水梨虽不粗重，但它们那样容易受伤，非得全神贯注不可——全神贯注也算是我们对大地生养的果实一种应有的尊重吧！

才一个月的时间，我们差不多把果园中的果实完全采尽了，工人们全散工转回山下，我却爱上那里的水土，经过果园主人的准许，答应让我在仓库里一直住到春天。能够在山上过冬是我意想不到的事，那时候我早已从学校毕业，正等待着服兵役的集会，由于无事，心情差不多放松下来了。我向附近的人借到一副钓具，空闲的时候就坐着嘈嘈的客运车，到雾社的碧湖去徜徉一天，偶尔能钓到几条小鱼，通常只是看饱了风景。

有时候我坐车到庐山去洗温泉，然后在温泉岩石上晒一个下午的太阳；有时候则到比较近的梨山，在小街上散步，看那些远从山下来赏冬景的游客。夜间一个人在仓库里，生起小小的煤炉，饮一壶烧酒，然后躺在床上，细细地听着窗外山风吹过林木的声音，才深深觉得自己是完全自由的人，是在自然与大地工作过、静心等候春天的人。

采摘过的果园并不因此就放了假，果园主人还是每天到园子里去，做一些整理剪枝除草的工作，尤其是剪枝，需要长期的经验和技术，听说光是剪枝一项，就会影响了明年的收成。我四处游历告一段落，有一天到园子去帮忙整理，我目见的园中景象令我大大的吃惊。因为就在一个月前曾结满累累果实的园子此时全像枯去了一般，不但没有了果实，连过去挂在树枝尾端的叶子也都凋落净尽，只有一两株果树上，还留着一片焦黄的在风中抖颤的随时要落在地上的黄叶。

园子中的落叶几乎铺满，走在上面窸窣有声，每一步都把落叶踩裂，碎在泥地上。我并不是不知道冬天树叶会落尽的道理，但是对于生长在南部的孩子，树总是常绿的，看到一片枯树反而觉得有些反常。

我静静地立在园中，环目四顾，看那些我曾为它们的生命、为它们的果实而感动过的果树，如今充满了肃杀之气，我不禁在心中轻轻地叹息起来。同样的阳光、同样的雾，却洒在不同的景象之上。

曾经雇用我的主人，不能明白我的感伤，走过来拍我的肩，说："怎么了？站在这里发呆？""真没想到才几天的工夫，叶子全落尽了。"我说。"当然了，今年不落尽叶子，明年就长不出新叶了，没有新叶，果子不知道要长在哪里呢！"园主人说。

然后他带领我在园中穿梭，手里拿着一把利剪，告诉我如何剪除那些已经没有生长力的树枝。他说那是一种割舍，因为长得太密的枝干，明年固然能结出许多果子，但一棵果树的力量是一定的，太多的树枝可能结出太多的果，但会使所有的果都长得不好，经过剪除，就能大致把握明年的果实。我虽然感觉到那对一棵树的完整有伤害，但一棵果树不就是为了结果吗？为了结出更好的果，母株总要有所牺牲。

我看到有的拇指粗细的枝干被剪落，还流着白色的汁液，我问："如果不剪枝呢？"

园主人说："你看过山地里野生的芭乐吗？它的果子会一年比一年小，等到树枝长得太盛，根本就不能结果了。"

我们在果园里忙碌地剪枝除草，全是为了明年的春天做着准备。春天，在冬日的冷风中感觉起来是十分遥远的日子，但是当拔草的时候，看到那些在冬天也顽强抽芽的小草，似乎春天就在那深深的土地里，随时等候着涌冒出来。

果然，让我们等到了春天。

其实说是春天还嫌早，因为气温仍然冰冷一如前日。我到园子去的时候，发现果树像约定好的一样，几乎都抽出绒毛一样的绿芽，那些绒绒的绿昨夜刚从母亲的枝干挣脱出来，初面人世，每一片都绿得像透明的绿水晶，抖颤地睁开了眼睛。我看到尤其是初剪枝的地方，芽抽得特别早，也特别鲜明，仿佛是在补偿着母亲的阵痛。我在果树前深深地受到了感动，好像我也感觉了那抽芽的心情。那是一种春天的心情，只有在最深的土地中才能探知。

我无法抑制心中的兴奋与感动，每天第一件事就是跑去园子，看那些喧哗的芽一片片长成绿色的叶子，并且有的还长出嫩绿的枝丫，逐渐在野风中转成褐色。有时候，我一天去看过好几次，感觉黄昏的落日里，叶子长得比当日黎明要大得多。那是一种奇妙的观察，确实能知道春天的讯息。春天原来是无形的，可是借着树上的叶、草上的花，我们竟能真切地触摸到春天！冬天与春天不是天上的两颗星那样遥远，而是同一株树上的两片叶子，那样密结地跨着步。

我离开农场的时候，春阳和煦，人也能感觉到春天的肤触了。园子里的果树也差不多长出整树的叶子，但是有两株果树却没有发出新芽，枝丫枯干，一碰就断落，它们已经在冬天里枯干了。

果园的主人告诉我，每一年过了冬季，总有一些果树就那样死去了，有些当年还结过好果的树也不例外，他也想不出什么原因，只说："果树和人一样也有寿命的，短寿的可能未长果就夭折，有的活了五年，有的活了十几年，真是说不准。奇怪的是，果树的死亡真没有什么征兆，有的明明果子长得好好的，却就那样地死去了……"

"真是奇怪，这些果树是同时播种，长在同一片土地上，受到相同的照顾，种类也都一样，为什么有的到了冬天以后就活不过来呢？"我问着。

我们都不能解开这个谜题，站在树前互相对望。夜里，我为这个问题而想得失眠了。果树在冬天落尽叶子，为何有的在春天不能复活呢？园子里的果树都还年轻，不应该这样就死去的。

"是不是有的果树不是不能复活，而是不肯活下去呢？就像有一些人失去了生的意志而自杀了？或者说在春天里发芽也要心情，那些强悍的树被剪枝，它们用发芽来补偿，而比较柔弱的树被剪枝，则伤心得失去了对春天的期待与心情。树，是不是有心情的呢？"我这样反复地询问自己，知道难以找到答案，因为我只看到树的外观，不能了解树的心情。就像我从树身上知道了春的讯息，而我并不完全了解春天。

我想到，人世间的波折其实也和果树一样。有时候我们面临了冬天的肃杀，却还要被剪去枝丫，甚至流下了心里的汁液。有那些懦弱的，他就不能等到春天，只有永远保持春天的心情等待发芽的人，才能勇敢地过冬，才能在流血之后还能繁叶满树，然后结出比剪枝前更好的果。

多年以来，我心中时常浮现出那两株枯去的水蜜桃树，尤其是受到什么无情的波折与打击时，那两株原本无关紧要的树，它们的枯枝就像两座生铁的雕塑，从我的心中撑举出来，我就对自己说："跨过去，春天不远了，我永远不要失去发芽的心情。"而我果然就不会被冬寒与剪枝击败，虽然有时静夜想想，也会黯然流下泪来，但那些泪在一个新的春天来临时，往往成为最好的肥料。

青山白发

　　行于北鸢公路上，道路左边窜出来一丛丛苇芒，右边也窜出了一丛丛苇芒，然后车子转进了迂回的山路，芒花竟像一种秋天的情绪，感染了整片山丘，有几座乔木稀少的小丘，蒙上了一片白。

　　我忍不住下车站在整山的白芒花前。青色山脉是山的背景，那时的苇芒像是水墨画的留白，这留白的空间虽未多作着墨，却充满了联想，仿佛它给山的天地间多留了空间，我们可以顺着芒花的步迹往更远的天地走去。我站在苇芒花的中间，虽不能见到山的背面，也看不到那弯折的路之尽头，但我知道，顺着这飘动的白色寻去，山的背面是苇芒，路的尽头也是苇芒。

　　北鸢公路是我经常旅行的一条路，就在两星期前我曾路过这里，那时苇芒还只是山中的野草，芜杂地蔓生两旁，我们完全不能感知它的美。仅仅两星期的时间，蔓生的野草吐出了心头的白，染满了山坡，顺势下望，可以看到大汉溪的两旁，那些没有耕种的田地，已经完全被白色占据了。好像这些白色的芒花不是慢慢开起，而是在一夜之间怒放。

　　在乡间，苇芒是最低贱的植物，因此它的生命力特别强悍，

一到秋天，它就成为山野中最美的景色了。有一年我在花盆里随意栽植一株苇芒，本来静静躺在花园一角，到秋末时它突然抽拔开花，那些黄的红的花全成了烘衬它的背景。那令我们感觉，苇芒代表了自然的时序，它一生的精华就在秋天。有一次，我路过村落去探望郊区的朋友，在路旁拔了几株苇芒的长花送给朋友，他收到苇芒花时不禁感叹："竟然已是秋天了！"——苇芒给人季节的感受，胜过了春天的玫瑰。

站在满山的芒花里，我想起一位特立独行的和尚云门文偃。云门是禅宗里追求心灵自由的代表，有一次，一位和尚问他：

"什么是佛法的大意？"

"春来草自青！"他说。

又有和尚问他：

"什么是成佛的方法？"

"东山水上行！"他说。

在云门的眼中，佛法的大意与成佛的方法，其实就是一种自然，一种万物变化与成长的基本道理：透过这种自然的过程，我们既可以说，佛法大意是"春来草自青"，当然也可以说是"秋天苇自白"，它是自然心，也是平常心。

秋天里满山的芒花，它不必言语，就让人体会了天地，全是在时间的推演下自然生变——青山犹有白发的时候，何况是人呢？

《金刚经》里说："过去心不可得，现在心不可得，未来心不可得。"为什么不可得呢？因为面对自然的浩浩渺渺，人的心念实在是无比细小，而且时刻变化，让我们无法知解人与自然的本意。

这本意正是"春来草自青，秋来苇自白"，是一种宇宙时空的推演。

我读过一本《醉古剑堂扫》，中有这样几句："今世昏昏逐逐，无一日不醉，无一人不醉。趋名者醉于朝，趋利者醉于野，豪者醉于声色马车，而天下竟为昏迷不醒之天下矣。安得一服清凉，人人解醒。"乃是因为人不能取寓自然，所以不能得人间的清凉。虽说不少智慧之士想要突破这种自然演变的藩篱，像明朝才子于孔兼在《菜根谭题词》里说："天劳我以形，吾逸吾心以补之；天厄我以遇，吾高吾道以通之。"想要找到一条补天通天的道路，可是，我们的心再飘逸，我们的道再高远，恐怕都无法让苇芒在春日里开花吧！

人面对自然、宇宙、时空的无奈，实在是无可奈何的事，豪放如李白，在《把酒问月》一诗中曾有一段淋漓的描写："今人不见古时月，古月曾经照古人。古人今人若流水，共看明月皆如此；唯愿当歌对酒时，月光长照金樽里。"真真写出了淡淡的感慨。人能与月同行，而月却古今辉映，人在月中仅是流水一般的情境。同样的，人能在苇草白头之时感慨不已，可是年年苇草白头，而人事已非！

突然浮起苏东坡的名句"青山一发是中原"，那青山远望只是一发，而在秋天的青山里，那情牵动心的一发却已在无意之中白了发梢，即使是中原，此刻也是白发满山了吧！

我离开那座满芒花的丘陵，驱车往乡间走去，脑中全是在风中飘摇的芒花，竟使我微微颤抖起来，有一种越过山头的冲动，虽然心里明明知道山头可攀，而青山白发影像烙在心头，却是遥遥难越了。

生命的酸甜苦辣

朋友请我吃饭，餐桌有一道菜是生炒苦瓜，一道是糖醋豆腐，一道是辣椒炒千丝。我看了桌上的菜不禁莞尔，说："今天酸甜苦辣都到齐了。"朋友仔细看看桌上的菜，不禁拍案大笑。

这使我想到，即使是植物，也各有各的特性：甘蔗是头尾皆甜，柠檬则里外是酸，苦瓜是连根都苦，辣椒则中边全辣，它们这种特性，经过长时间的藏放也不失去，即使将它碎为微尘粉末，其性也不改。还有一些做药材的植物，不管制成汤、膏、丸、散，或经长久的熬煮，特质也不散灭。

我们生活中的心酸、甜蜜、苦痛、辛辣种种滋味，不亦如植物的特性吗？一旦我们品尝过了，似乎就永不失去。在我们的生命情境中，有很多时候，是酸甜苦辣同时放在一桌的，一个人不可能永远挑甜的吃，偶尔吃点苦的、辣的、酸的，有助于我们品味人生。

在酸甜苦辣的生命经验更深刻之处，有没有更真实的本质呢？

若说柠檬以酸为本性，辣椒以辣为本性，甘蔗以甜为本性，苦瓜以苦为本性，那么人的本性又是什么呢？

　　我们常说"这个人本性不良"，或"那个人本性善良"，可是，我们常看到素性不良的人改邪归正，又常见到公认本性良善的人却堕落了。这种本性似乎是"可转""能改变"的，因此我们语言上所说的"本性"，事实上只是一种"熏习"，是习气的长期熏染而表现在外的，并不是最深刻的自我。

　　习气，是一种莫名其妙的偏执，正如嗜吃辣椒与柠檬的人，说不出是什么原因。但人生的一切烦恼正是由这种偏执而产生，偏执是可矫正的，矫正的方法就是中道，例如柠檬虽是至酸之物，若与甘蔗汁中和，就变得非常的可口。去除习气只有利用中和的方法，人最大的习气不外乎是贪、嗔、痴，贪应该以"戒"来中和，嗔应该以"定"来中和，痴应该以"慧"来中和。一个人时时能中和自己的习气，就能坦然地面对生活，不至于被习气所左右。

　　我国有一个很有名的民间传说，相传汉朝有一位孟姓女子，幼读儒书，长大学佛，普遍得到乡里的敬爱，年老以后被称为"孟婆"。她死后成为幽冥之神，建了一座"酝忘台"，在阴阳之界投胎必经之路。孟婆取甘、苦、酸、辛、咸五味做成一种似酒非酒的汤，称为"孟婆汤"，投胎的人喝了这种汤就完全忘记前世，然后走入今生甘苦酸辛咸的旅程。

　　传说每一个魂魄入胎之前，各种滋味都要尝一点才能投胎，这是为什么人人都要在一生遍尝五味的缘由。传说又说，有的人甜汤喝多了，日子就过得好些；有的人苦汁喝得多，这一生就惨兮兮。

　　"孟婆汤"的传说非常有趣，启示我们：既然投生为人，就不可能全是甜头，生命里是有各种滋味的。甘、苦、酸、辛、咸既是人生的五味，我们就难以只拣甜的来吃，别的滋味也多少会尝一些，如果是不可避免的，就欢喜地吃吧！

　　想想看，人生如果是一桌宴席，上桌的菜若都是蛋糕、甜汤，也是非常可怕的呀！

贼光消失的时候

朋友从意大利进口了一批老水晶灯，邀我们去欣赏。

满满一屋子的老水晶灯，悬空而挂，犹如烛光的小火皆已点燃，使人仿佛置身在中古欧洲的草原上，满天的星星。看完星星，走入古堡，草原的星光也被带入了屋子，王子与公主正乘着小步舞曲的乐音，在大厅中旋舞。

这些星光与舞曲，在时空中漂流，流到了台北。

细数着老水晶灯的来历，我们都听得痴了。

贼光消失，宝光升起

朋友得知意大利乡间有一些古堡，准备翻修，正在出售堡内的灯具，特意请意大利的朋友去标购，把已有百年历史的古董水晶灯全数买下，总共有三百多盏，运回台北，准备与有缘的朋友分享。

老水晶灯全部是施华洛世奇的作品，打着一百年前的徽章，从灯架、设计到水晶，无一不是巅峰之作。

让我惊奇的是，通常在一个空间，只要有两盏主灯，有的会互斥，有的会互相消减光芒，这些老水晶灯却不然，几十盏在一起，互相协调、互相照亮、互相衬托，就像花园的百花那么自然，一点也没有人工的造作。

朋友说："那是因为，这些水晶灯的贼光消失了！当贼光消失的时候，宝光就会升起！什么是贼光呢？贼光就是会互斥互抢的光，是不知收敛的光，是不含蓄、不细腻、不温柔、不隐藏的光。"

然后，我们就在贼光已经消失的水晶灯下，谈起贼光。

有人说：现代的工匠或许也能做出精美的作品，因为贼光太盛，与其他的东西摆在一起，不是抢走了光芒，就是互相碍眼。

有人说：明式家具之所以美好，是因为它贼光消失，在陋室，不减其光芒；在皇宫，也不会刺眼。

有人说：我就是见不得现代的水晶和琉璃作品，贼光旺盛，价位也充满了贼光。

有人恍然大悟地说：从前看古董，内心都会感到特别的优美和安静，一直在内心感动着，也疑惑着，原来是因为贼光消失的缘故呀！

时空洗炼后产生的真宝之光

现在人崇尚华丽、精致，所做的器物无不以豪华为能事，但是豪华到了顶点，重形式胜过内涵，贼光也就不能隐藏。一定要经过许多时间的考验，许多东西被淘汰，只剩下内涵形式并美的东西；再经过一段时间，贼光隐没，宝光升起，就能与周遭的一切相容并蓄，并且随着日月，一天比一天优美。

我想，这就是不论中外，古董的魅力吧！我们看拍卖场上的瓷器、珠宝、家具，并不像现代的作品光芒焕发，却能以数千倍于现代作品的价格拍卖出去，因为那种真宝之光，只有经过时间与空间的洗炼，才会产生。

人也是这样，年少的时候自以为才情纵横，英雄盖世，到了年岁渐长，才知道那只是贼光激射。经过了岁月的磨洗，知道了人外有人、天外有天，贼光才会收敛；等到贼光消失的时候，也正是宝光生起之时。

宝光生起的事物，自然平常，能与一切的外境相容，既不夺人，也不夺境，却不减损自己的光芒。

宝光生起的人，泰然自若，沉静谦卑，既不显露，也不隐藏，他与平常人无异，只是在生活中保持着灵敏和觉知。

这世上比较可悲的是，贼光容易被看见，致使一般人认为贼光是有价值的，反而那些宝光涵容的人和事物，是很少被观见的。

宝光之物，乃宝光之眼才能看见。

宝光之人，唯宝光之心才能相映。

一旦有一粒微尘扬起，整个大地就在那里显现。

一个狮子的身上显示千万个狮子，千万个狮子身上也显示一个狮子。

一切都是千千万万个，你只要认识一个，就识得千千万万。

这是慈明禅师的话语，要认识焕发宝光的人、事物，不一定要学习认识和鉴赏，只要自己贼光消失，宝光生起，一切不都是那么鲜明吗？

水有许许多多的源头，水的本质只有一种。

千江有水都映着月亮，天上的月亮只有一轮。

我看着那些美丽的古灯，贼光早就消散，宝光瑗瑗，想起自己在青年时代自以为光芒万丈的情景，经过许多许多年，那些贼光才隐藏了。

当贼光消失的时候，放眼望去，总是一片繁华，仿佛坐在一片漆黑的山顶，看着华灯万盏的倾城夜景，虽身处黑暗，心里也是华光一片。

贼光旺盛，则红尘暗淡。

贼光消失，世界就亮了起来。

幸福的开关

回眸

我终于知道了眼睛的力量，当我接触过无数眼睛，而在南部一个婴儿的回眸里，我震惊地知道了。

婴儿的脸本来埋在母亲温热的胸前，年轻母亲的紫色头巾和包盖婴儿的土红色毡子吸引了我的注意，走近的时候，我看清了婴儿沉沉地睡着，母亲的脸熨帖着他的头颅。

那是一个热闹的庙会，庙前的纸钱炎炎烧着，蓦然，远方响起了噼噼啪啪的鞭炮声，婴儿在母亲的怀中扭动着，他猛然地扬起头来，张开眼睛，望着噼啪声响处的街那头——他惊奇地，略带一点忧郁地向远远的地方望去。这时，他红通通的脸上，两颗晶明的眼睛格外引人，他凝神注视，充满了天真的迷惑。

母亲对鞭炮声毫无所觉。

我不禁悲哀地想着，这敏锐的眼睛此时有一片海的清明、一脉山的韵味，几年后也许却不能知觉远方的鞭炮声了——我关切着纯粹黑白的分明，它才是眼睛真正的力量。

水中的金影

从前有一个人走过大池塘边，看到水底有金色的影子，很像黄金。

他立即跳入水里要找那黄金，他把水中的泥土一捧一捧地捞起来，一直到把整个池塘弄得浑浊不堪，自己又疲累得要命，只好爬回岸边休息。过了一会儿，池水清澈之后，又看到那金色的影子。

他又进去捞，仍然捞不到，这样来回三四次，自己已经疲累不堪。他的父亲看他久出未归，就跑出来寻找，最后在池边找到他，看他疲累不堪，就问他："你为什么把自己弄得这么疲困呢？"

他说："这水底有真金，我明明看见的，可是找了三四趟都没有捞到，才弄得这么疲困。"

父亲仔细地凝视水底真金的影子，立刻知道那金子是在岸边的树上，为什么会知道呢？因为影子既然在水底，金子就不会在水底，影子乃是金子的投射。

后来，他听了父亲的话到树上一找，果然找到金子，父亲就说："这可能是飞鸟衔金，掉落到树上的！"

这是释迦牟尼佛在《百喻经》里讲的"见水底金影喻"，是用来解释无我的空性的，最后，佛陀说了一首偈："凡夫愚痴人，无智亦如是。于无我阴中，横生有我想。如彼见金影，勤苦而采觅，徒劳无所得。"

我很喜欢这个故事，因为它充满了优美的譬喻与联想，我们因为执着于"我"，于是拼命追求，就好像一直扰动真实的净水，而失去生命的实相。当我们以水中的金影当成真实的时候，我们就会一再地跃入水中，到最后只剩下一身的徒劳，什么也得不到。

如果水中的金影到最后令我们发现树上的黄金，那还是好的，最怕的是看见了夕阳的倒影就跳入水中，找了半天一上岸，天色就黑了。

我们如果时常反思人的欲望，会发现到现代人的欲望比从前的人复杂强烈得多，生之意趣也变得贫乏得多。为什么呢？因为一来追求的事物多了，人人都变得忙碌不堪；二来生命的永不满足，使人无法静思；三来所掌握的东西，都是短暂虚幻不实的。

有很多人认为现代人比古代人富有，其实不然，真正的富有是一种知足的生活态度，有钱而不知足的人并不是富有，能安于生活的人才是富有。

于是，我们看到了，现代人住在三十坪的房子，觉得要五十坪才够。有汽车开了，还追求百万的名车。吃得饱穿得暖，还要追逐声色。到最后，还要一个有排场的葬礼，和一块山明水秀的墓地。

于是，我们夜里在庭院聊天的生活没有了，我们在田园里散步的兴致没有了，我们和家人安静相聚的时间没有了，我们坐下来省思的时间没有了。到最后，连生命里的一点平安都没有了。

从前在农村社会，年纪大的人都可以享受一段安静的岁月，让生命得到安顿。现在的老年人，非但不知道黄金在树上，反而自己投身于水中金影的捕捞了，我们看到了全身瘫痪还不肯退休

的人，看到了更改年龄以避免退休的人，看到了七八十岁还抓紧权力、名位不肯轻放的人！老人不能把静思的智慧留给世界，还跳入水里抓金，这是现代社会里一种令人悲哀的局面。

我常常想，这个世界的人，钱越多越是赚个不停，人越老越是忙个不停，我真不知道，大家是不是有时间来善用所赚的钱，是不是肯停下来想想老的意义。

停下脚步，让扰动的池水得以清净吧！

抬头看看，让树上的真金显现面目吧！

云散

我喜欢胡适的一首白话诗《八月四夜》：

> 我指望一夜的大雨，
>
> 把天上的星和月都遮了；
>
> 我指望今夜喝得烂醉，
>
> 把记忆和相思都灭了。
>
> 人都静了，
>
> 夜已深了，
>
> 云也散干净了，
>
> 仍旧是凄清的明月照我归去，
>
> 我的酒又早已全醒了。
>
> 酒已都醒，
>
> 如何消夜永？

这首《八月四夜》,是根据周邦彦的一阕词《关河令》改写成的,
《关河令》的原文是:

> 秋阴时晴渐向暝,
>
> 变一庭凄冷。
>
> 伫听寒声,
>
> 云深无雁影。
>
> 更深,人去,寂静。
>
> 但照壁孤灯相映。
>
> 酒已都醒,
>
> 如何消夜永?

胡适的诗一点也不比周邦彦的原词逊色。我从前喜欢这首诗,
是喜欢诗中的孤单和寂寞的味道,尤其是在烂醉之后醒来,不知
道如何度过凄清得好像永无尽头的寒夜时。我在少年时代,有很
多次的心境都接近了这首诗的情景。

这使我想起,孤单和寂寞虽也有它极美的一面,但究竟不是
幸福的。只是有时我们细细想来,幸福里如果没有孤单和寂寞的
时刻,幸福依然是不圆满的。

最好的是,在孤单与寂寞的时候,自己也能品味出那清醒明
净的滋味,有时能有一些些记忆和相思牵系,才是最幸福的事。

清晨滚着金边的红云,是美的。

午后飘过慵懒的白云，是美的。

黄昏燃烧炽烈的晚霞，是美的。

有时散得干净的天空，也是美的。

那密密层层包裹着青天的乌云，使我们带着冷冽的醒觉，何尝不美呢？

当一个人，走过了辉煌的少年时代，有许多人就开始在孤单与寂寞的煎熬中过日子；当一个人，失去了情爱与生命的理想，可能就会在无奈的孤独中忍受一生；当一个人，不能体会到独处的丰富与幸福时，他的生命之火就开始黯然褪色……

凄清的明月是不是美丽的明月那同一个明月呢？当我们从生命的烂醉醒来的时候，保持明净的心灵世界，让我们也欢喜独处时的寂寞吧！因为要做一个自足的人，就是每一时每一刻都能看清云彩从心窗飘过的姿势。在云也散干净的时候，还能在永夜中保持愉悦清明，那么，即使记忆与相思不灭，我们也能自在坦然地走下去。

幸福的开关

一直到现在，我每看到在街边喝汽水的孩童，总会多注视一眼。而每次走进超级市场，看到满墙满架的汽水、可乐、果汁饮料，心里则颇有感慨。

看到这些，总令我想起童年时代想要喝汽水而不可得的景况，在台湾初光复不久的那几年，乡间的农民虽不致饥寒交迫，但是想要三餐都吃饱似乎也不太可得，尤其是人口众多的家族。更不要说有什么零嘴饮料了。

我小时候对汽水有一种特别奇妙的向往，原因不在汽水有什么好喝，而是由于喝不到汽水。我们家是有几十口人的大家族，小孩依大排行就有十八个之多，记忆里东西仿佛永远不够吃，更别说是喝汽水了。

喝汽水的时机有三种，一种是喜庆宴会，一种是过年的年夜饭，一种是庙会节庆。即使有汽水，也总是不够喝，到喝汽水时好像进行一个隆重的仪式，十八个杯子在桌上排成一列，依序各倒半杯，几乎喝一口就光了，然后大家舔舔嘴唇，觉得汽水的滋味真是鲜美。

有一回，我走在街上的时候，看到一个孩子喝饱了汽水，站在屋檐下呕气，呕——长长的一声，我站在旁边简直看呆了，羡慕得要死掉，忍不住忧伤地自问道：什么时候我才能喝汽水喝到饱？什么时候才能喝汽水喝到呕气？因为到读小学的时候，我还没尝过喝汽水喝到呕气的滋味，心想，能喝汽水喝到把气呕出来，不知道是何等幸福的事。

当时家里还点油灯，灯油就是煤油，方言称作"臭油"或"番仔油"，有一次我的母亲把臭油装在空的汽水瓶里，放置在桌脚旁，我趁大人不注意，一个箭步就把汽水瓶拿起来往嘴里灌，当场两眼翻白、口吐白沫，经过医生的急救才活转过来。为了喝汽水而差一点丧命，后来成为家里的笑谈，却并没有阻绝我对汽水的向往。

在小学三年级的时候，有一位堂兄快结婚了，我在他结婚的前一晚竟辗转反侧地失眠了，我躺在床上暗暗发愿：明天一定要喝汽水喝到饱，至少喝到呕气。

第二天我一直在庭院前窥探，看汽水送来了没有，到上午九点多，看到杂货店的人送来几大箱的汽水，堆叠在一处。我飞也似的跑过去，提了两大瓶的黑松汽水，就往茅房跑去。彼时农村的厕所都盖在远离住屋的几十公尺之外，有一个大粪坑，几星期才清理一次，我们小孩子平时是很恨进茅房的，卫生问题通常是就地解决，因为里面实在太臭了。但是那一天我早计划好要在里面喝汽水，那是家里唯一隐秘的地方。

我把茅房的门反锁，接着打开两瓶汽水，然后以一种虔诚的心情，把汽水咕嘟咕嘟地往嘴里灌，就像灌蟋蟀一样，一瓶汽水一会儿就喝光了，几乎一刻也不停地，我把第二瓶汽水也灌进腹中。

我的肚子整个胀起来，我安静坐在茅房地板上，等待着呕气，慢慢地，肚子有了动静，一股沛然莫之能御的气翻涌出来，呕——汽水的气从口鼻冒了出来，冒得我满眼都是泪水，我长长地叹了一口气："这个世界上再也没有比喝汽水喝到呕气更幸福的事了吧！"然后朝圣一般打开茅房的木门，走出来，发现阳光是那么温暖明亮，好像从天上回到了人间。

在茅房喝汽水的时候，我忘记了茅房的臭味，忘记了人间的烦恼，觉得自己是世上最幸福的人，一直到今天我还记得那年叹息的情景，当我重复地说："这个世界上再也没有比喝汽水喝到呕气更幸福的事了吧！"心里百感交集，眼泪忍不住就要落下来。

贫困的岁月里，人也能感受到某些深刻的幸福，像我常记得添一碗热腾腾的白饭，浇一匙猪油、一匙酱油，坐在"户定"（厅门的石级）前细细品味猪油拌饭的芳香，那每一粒米都充满了幸福的香气。

有时这种幸福不是来自食物，我记得当时在我们镇上住了一位卖酱菜的老人，他每天下午的时候都会推着酱菜摊子在村落间穿梭。他沿路都摇着一串清脆的铃铛，在很远的地方就可以听见他的铃声，每次他走到我们家的时候，都在夕阳将落下之际，我一听见他的铃声跑出来，就看见他浑身都浴在黄昏柔美的霞光中，那个画面、那串铃声，使我感到一种难言的幸福，好像把人心灵深处的美感全唤醒了。

有时幸福来自于自由自在地在田园中徜徉了一个下午。

有时幸福来自于看到萝卜田里留下来做种的萝卜，开出一片宝蓝色的花。

有时幸福来自于家里的大狗突然生出一窝颜色都不一样的，毛茸茸的小狗。

生命的幸福原来不在于人的环境、人的地位、人所能享受的物质，而在于人的心灵如何与生活对应。因此，幸福不是由外在事物决定的，贫困者有贫困者的幸福，富有者有其幸福，位尊权贵者有其幸福，身份卑微者也自有其幸福。在生命里，人人都是有笑有泪；在生活中，人人都有幸福与忧恼，这是人间世界真实的相貌。

从前，我在乡间城市穿梭做报道访问的时候，常能深刻地感受到这一点，坐在夜市喝甩头仔米酒配猪头肉的人民，他感受到的幸福往往不逊于坐在大饭店里喝 XO 的富豪。蹲在寺庙门口喝一斤二十元粗茶的农夫，他得到的快乐也不逊于喝冠军茶的人。

围在甘蔗园呼么喝六，输赢只有几百元的百姓，他得到的刺激绝对不输于在梭哈台上输赢几百万的豪华赌徒。

这个世界原来就是个相对的世界，而不是绝对的世界，因此幸福也是相对的，不是绝对的。

由于世界是相对的，使得到处都充满缺憾，充满了无奈与无言的时刻。但也由于相对的世界，使得我们不论处在任何景况，都还有幸福的可能，能在绝壁之处也见到缝隙中的阳光。

我们幸福的感受不全然是世界所给予的，而是来自我们对外在或内在的价值判断，我们的幸福与否，正是由自我们的价值观来决定的。

不封冻的井

和一位朋友到一家店里叫了饮料，朋友喝了一口忍不住吃惊地赞叹起来："这是什么东西，这么好喝？"

"这是木瓜牛奶呀！"我比他更吃惊。

"木瓜牛奶是什么做的？"

"木瓜牛奶就是木瓜加牛奶，用果汁机打在一起做成的。"然后我试探地问，"难道你没有喝过木瓜牛奶吗？"

"是呀！这是我第一次喝到木瓜牛奶。"朋友理直气壮地说。

真是不可思议的事，对我来说，一个人在中国台湾生活了三十年而没有喝过木瓜牛奶，就仿佛不是中国台湾人一样。对我的朋友却是自然的，因为他是世家子弟，家教非常严格，从小的自由非常有限，甚至不准在外面用餐的。当然，他们家三餐都有用人打理，出门有司机，叠被铺床都没有自己动过手，更别说洗衣拿扫把了。

到三十岁才有一点点自由，这自由也只是喝一杯路边的木瓜牛奶汁而已。

对生长在南台湾贫困乡村的我，朋友像是来自外太空的人，我们过去的生活几乎没有重叠的部分。在乡下，我们生活的每一分钱都是流汗流血奋斗的结果，小孩还没有到上学的年龄就要下田帮忙农事，大到推动一辆三轮板车，小至缝一枚掉了的扣子，都是六七岁时就要亲手去做。而小街边的食物便是我们快乐的泉源，像木瓜牛奶这么高级的东西不用说，能喝到杨桃水、绿豆汤已经谢天谢地，纵使是一支红糖冰棒，或一盘浇了香蕉油的刨冰，就能使我们快乐不已了。

有时候我们不免也会羡慕有钱人家的孩子，但当我们知道有钱人的孩子不能全身脱光到溪边游泳，或者下完课不能在田野的烂泥里玩杀刀的时候，我们都很同情有钱人的孩子。

在我们那个年代的农村里，孩子几乎没有任何物质的欲望，因为知道即使有物质欲望也不能获得，最后就完全舍弃了。无欲则刚，到后来我们即使赤着脚、穿破衣去上学，也充满了自信和快乐。

这其实没有什么秘诀，只是深信物质之外，还有一些能使我们快乐的事物不是来自物质。而且对这个世界保持微微喜悦的心情，知道在匮乏的生活里也能有丰满的快乐，便宜的食物也有好吃的味道，小环境里也有远大的梦想。这些卑中之尊、贱中之美、小中之大，乃至于丑中之美、坏中之好，都是因微细喜悦的心情才能体会。

在夏天里，我深信坐在冷气房里喝冰镇莲子汤的美味，远远比不上在田中流汗工作，然后在小路上灌一大碗好心人的"奉茶"，奉茶不是舌头到喉管的美味，而是心情互相体贴而感到的欢喜。

　　在禅宗的《碧岩录》里有一个故事，德云禅师和一位痴圣人一起去担挑积雪，希望能把井口埋起来，引起了别人的讪笑，当然，雪无法把井口埋住是大家都知道的，德云禅师为什么要担雪埋井呢？他是启示了一个伟大的反面教化，这个教化是：只要你心底有一口泉涌的井，还怕会被寒冷的雪封埋吗？

　　不要羡慕别人门头没有雪，自己挖一口泉涌的井才是要紧的事。

　　"不封冻的井"是一个多么深邃的启示，它是突破冷漠世界的挚情，是改变丑陋环境成为优美境地的心思，是短暂生命里不断有活力萌芽的救济。

　　心井永不封冻，就能使我们卓然不群，不随流俗与物欲转动了。

　　在路边自由地喝杯木瓜牛奶，滋味不见得会比人参汤逊色呀！

月到天心

二十多年前的乡下没有路灯，夜里穿过田野要回到家里，差不多是摸黑的，平常时日，都是借着微明的天光，摸索着回家。

偶尔有星星，就亮了很多，感觉到心里也有星星的光明。

如果是有月亮的时候，心里就整个沉定下来，丝毫没有了黑夜的恐惧。在南台湾，尤其是夏夜，月亮的光格外有辉煌的光明，能使整条山路都清清楚楚地延展出来。

乡下的月光是很难形容的，它不像太阳的投影是从外面来，它的光明犹如从草树、从街路、从花叶，乃至从屋檐、墙垣内部微微地渗出，有时会误以为万事万物的本身有着自在的光明。假如夜深有雾，到处都弥漫着清气，当萤火虫成群飞过，仿佛是月光所掉落出来的精灵。

每一种月光下的事物都有了光明，真是好！

更好的是，在月光底下，我们也觉得自己心里有着月亮、有着光明，那光明虽不如阳光温暖，却是清凉的，从头顶的发到脚尖的指甲都感受到月的清凉。

走一段路，抬起头来，月亮总是跟着我们，照看我们。在童年的岁月里，我们心目中的月亮有一种亲切的生命，就如同有人提灯为我们引路一样。我们在路上，月在路上；我们在山顶，月在山顶；我们在江边，月在江中；我们回到家里，月正好在家屋门前。

直到如今，童年看月的景象，以及月光下的乡村都还历历如绘。但对于月之随人却带着一些迷思，月亮永远跟随我们，到底是错觉还是真实的呢？可以说它既是错觉，也是真实。由于我们知道月亮只有一个，人人却都认为月亮跟随自己，这是错觉；但当月亮伴随我们时，我们感觉到月是唯一的，只为我照耀，这是真实。

长大以后才知道，真正的事实是，每一个人心中有一片月，它是独一无二、光明湛然的，当月亮照耀我们时，它反映着月光，感觉天上的月也是心中的月。在这个世界上，每个人心里都有月亮埋藏，只是自己不知罢了。只有极少数的人，在最黑暗的时刻，仍然放散月的光明，那是知觉到自己就是月亮的人。

这是为什么禅宗把直指人心称为"指月"，指着天上的月叫人看，见了月就应忘指；教化人心里都有月的光明，光明显现时就应舍弃软化。无非是标明了人心之月与天边之月是相应的、含容的，所以才说"千江有水千江月，万里无云万里天"，即使江水千条，条条里都有一轮明月。从前读过许多诵月的诗，一些颇能说出"心中之月"的境界，例如王阳明的《蔽月山房》：

山近月远觉月小，便道此山大于月；
若人有眼大如天，当见山高月更阔。

确实，如果我们能把心眼放开到天一样大，月不就在其中吗？只是一般人心眼小，看起来山就大于月亮了。还有一首是宋朝理学家邵雍写的《清夜吟》：

> 月到天心处，风来水面时；
> 一般清意味，料得少人知。

月到天心、风来水面，都有着清凉明净的意味，只有微细的心情才能体会，一般人是不能知道的。

我们看月，如果只看到天上之月，没有见到心灵之月，则月亮只是极短暂的偶遇，哪里谈得上什么永恒之美呢？

所以回到自己，让自己光明吧！

活出美感

今天我和一位朋友约在茶艺馆喝茶，那家茶艺馆是复古形式的，布置得美轮美奂，里面有些特别引起我注意的东西，在偌大的墙上挂着老式农村的牛车轮，由于岁月的侵蚀，那由整块木板劈成的车轮中间裂了两道深浅不一的裂缝，裂缝在那纯白的墙上显得格外有一种沧桑之美。

从前我没有告诉过你，我的祖父林旺在我们故乡曾经经营过一座牛车场，他曾拥有过三十几部牛车，时常租给人载运货物，就有一点像现在的货运公司一样。我那从未见过面的祖父就是赶牛车白手起家的，后来买几块薄田才转业成农夫。据我父亲说，祖父的三十几部牛车就是这种还没有轮轴的车轮，所以看到这车轮就使我想起祖父和他的时代，我只见过他的画像，他非常精瘦，就如同今日我们在台湾乡下所见的老者一样，他脸上风霜的线条仿佛是现在我眼前牛车的裂痕，有一种沧桑的刚毅之美。

这一点土卖二十元吗？

茶艺馆的桌椅是早年台湾农村的民艺品，古色古香，有如老家厅堂里的桌椅，还有橱柜也是，真不知道他们如何找到这么多早期民间的东西，这些从前我们生活的必需品，现在都成为珍奇的艺术品了，听说价钱还满昂贵的。

在另一面的墙角，摆着锄头、扁担、斗笠、蓑衣、畚箕、箩筐等等一些日常下田的用品，都已经旧了，它们聚集在一起，以精白灿亮的聚光灯投射，在明暗的实物与影子中，确实有非常非常之美——就好像照在我们老家的墙角，因为在瓦屋泥土地上摆的也正是这些东西。

我忽然想起父亲在田间的背影，父亲年轻时和祖父一起经营牛车场，后来祖父落地生根，父亲也成为道地的农夫了，他在农田土地上艰苦种作，与风雨水土挣扎搏斗，才养育我们成人。父亲在生前每一两个月就戴坏一顶斗笠，他的一生恐怕戴坏数百顶斗笠了，当然那顶茶艺馆的斗笠比父亲从前戴用的要精致得多，而且也不像父亲的斗笠曝过烈日染过汗水。

坐在茶艺馆等待朋友，想起这些，突然有一点茫然了，我的祖父一定没有想到他当时跑在粗糙田路的牛车轮会神明似的被供奉着，父亲当然也不会知道他的生活用具会被当艺术品展示，因为他们的时代过去了，他们在这土地上奉献了一生的精力，离开了世间。他们生前没有受过什么教育，不知道欣赏艺术，也没有机会参与文化的一切，在他们的时代里只追求温饱、没有灾害、平安地过日子。

亮亮，记得我对你说过，我父亲到台北花市，看到一袋泥土卖二十元的情况吗？他掂掂泥土的重量，嘴巴张得很大："这一点土卖二十元吗？"在那个时候，晚年的父亲才感觉到他们的时代已经过去了。

是的，我看到那车轮、斗笠被神圣供奉时，也感叹不但祖父和父亲的时代过去了，我们的时代也在转变中，想想看，我在乡下也戴过十几年斗笠，今后可能再也不会戴了。

发财三辈子，才懂得生活

朋友因为台北东区惯常的塞车而迟到了，我告诉他看到车轮与斗笠的感想，朋友是外省人，但他也深有同感。他说在他们安徽有句土话说："要发财三辈子，才知道穿衣吃饭。"意思是前两代的人吃饭只求饱腹、衣着只求蔽体，其他就别无要求，要到第三代的人才知道讲究衣食的精致与品味，这时才有一点点精神的层面出来。其实，这里说的"穿衣吃饭"指的是"生活"，是说："要发财三辈子，才懂得生活。"

朋友提到我们上两代的中国人，很感慨地说："我们祖父与父亲的时代，都还活在动物的层次里，在他们的年代只能求活命，像动物一样艰苦卑屈地生活着，到我们这一代才比较不像动物了，但大多数中国人虽然富有，还是过动物层次的生活。在香港和台北都有整幢大楼是饭馆，别的都不卖。对我们来说，像日本十几层大楼都是书店，真是不可思议的事；还有，我们二十四小时营业的不是饮食摊就是色情业，像欧洲很多书店二十四小时营业，也是我们不能想象的。"

朋友也提到他从前结婚时，有一位长辈要送他一幅画，他吓一跳，赶忙说："您不要送我画了，送我两张椅子就好。"因为他当

时穷得连两张椅子也买不起，别说有兴致看画了，后来才知道一幅画有时抵得过数万张椅子。他说："现在如果有人送我画或椅子，我当然要画，但这已经是二十年的事了。我们年轻时也在动物层次呀！"

我听到朋友说"动物层次"四个字，惊了一下，这当然没有任何不敬或嘲讽的意思，我们的父祖辈也确实没有余力去过精神的生活，甚至还不知道他们戴的斗笠和拿的锄头有那么美。现在我们知道了，台湾也富有了，就不应该把所有的钱都用在酒池肉林、声色犬马，不能天天只是吃、吃、吃，是开始学习超越动物层次生活的时候了。

超越动物层次的生活不只是精致与品味的追求，而是要追求民主、平等、自由、人权的社会生活，自己则要懂得更多的宽容、忍让、谦虚与关爱，用最简单的说法："就是要活出人的尊严与人的美感。"这些都不是财富可以缔造的（虽然它要站在财富的基础上才可能成功），而是要有更多的人文素养与无限的人道关怀，并且有愿意为人群献身的热忱，这些，我觉得是台湾青年最缺乏的。

从茶艺馆出来，我有很多感触，但因与另外一位成功的企业家有约，就匆匆赶去赴约。到企业家的家使我更加深先前的感触，他住在一幢极豪华的住宅，房子光是装潢就花掉几百万，他家里有两架极大的电视机，可能是七十寸的样子，可是这企业家客厅墙上竟挂着拙劣不堪的外销画，还有一幅很大的美女月历，他对美感几乎是盲目的，连桌子茶杯都不会挑选，每看见他家的一样东西都让我惊心动魄。真可怕呀！这些年来，我们的社会造就许多这样对美感盲目、人文素养零分的企业家！可见有些东西不是金钱能买到，有些有钱人甚至买不到一只好茶杯，你相信吗？

人文主义的消退和沦落

我曾到台湾最大的企业办公室去开会，那有数万名员工的大楼里，墙上没有一幅画（甚至没有一点颜色，全是死白），整个大楼没有一株绿色植物，而董事长宴客的餐桌上摆着让人吃不下饭的俗恶塑胶花，墙上都是劣画。我回来后非常伤心，如果我们连四周的环境都没有更细致优美的心来对待，我们怎么可能奢谈照顾环境、保护资源的事呢？这使我知道了，有钱以后如果不能改造心胸、提升心灵层次，其实是满可悲的。

当然，每个社会都有不同的困境，最近，美国有一本畅销书《美国人思想的封闭》（*The Closing of the American Mind*），是芝加哥大学教授艾伦·布鲁姆（Allan Bloom）写的，他批评现在的美国青年对美好生活不感兴趣，甘愿沉溺在感官与知觉的满足，他们漫无目标、莫衷一是、男女关系混乱、家庭伦理淡薄、贪图物欲享受，简直一无是处。简单地说是：美国青年的人文主义在消退和沦落了。

套用我朋友的安徽俗语是："发财超过三辈子，沉溺穿衣吃饭了。"美国青年正是如此吧！

但回头想想，我们还没有像美国有那么长的安定、那样富有的生活，在民主、自由、平等、人权上也差之远甚，可是我们的很多青年生活方式已经像布鲁姆教授笔下的美国青年了，甚至连很多中老年人都沉溺于物欲，只会追求感官的满足。另外一部分则成为金钱与工作的机器，多么可怕呀！

亮亮，有空的时候不妨到台北市的长春路走走，有时我想，全美国的理发厅加起来都没有台北长春路多。也不妨到西门町走走，你在世界任何城市，都不可能走一千公尺被二十个色情"黄牛"拦路，只有台北才有。也不妨到安和路走走，真真栉比鳞次的啤酒屋，全世界没有一个国家的人民像我们这样疯狂纵酒的……美国人在为失去人文主义忧心，我们是还没有建立什么人文主义，就已经沉沦了。想到父祖辈的斗笠、牛车轮、锄头、蓑衣、箩筐这些东西所代表的血汗与泪水的岁月，有时使我的心纠结在一起。

走遍牛车轮的时代

是不是我们要永远像动物一样，被口腹、色情等欲望驱迫地生活着呢？难道我们不能追求更美好的生活吗？

亮亮，有些东西虽然遥不可及，有如日月星辰的光芒一样，但是为了光明，我们不得不挺起胸膛走去，我们不要在长春路的红灯、西门町的黑巷、安和路的酒桶里消磨我们的生命，让我们这一代在深夜里坚强自己：让我们活出人的尊严和人的美感。

给你说这些的时候，我仿佛又看见了茶艺馆里聚光灯所照射的角落，我们应该继承父祖的辛勤与坚毅，但我们要比他们有更广大的心胸，到底，我们已经走过牛车轮的时代，并逐渐知道它所代表的深意了。

让我们以感恩的心纪念父祖的时代，并创造他们连梦也不敢梦的人的尊严、人的美感。

世缘

我的少年时代

影响我最深的一段历程，应该是在我读高中的时候。为什么这段时期影响我最深？因为只要一念之差，就万劫不复。

我在高中时便决定要做一个写作的人，也就是所谓的作家。我之所以要做作家，有两个很重要的基本因素。一个就是在我小时候，因为我们家是农户，大家的生活很苦，所以每次有县太爷或之类的人物要到我们乡下来，就有一些老先生老太太，都会在马路上拦住这些大人物，然后跪下来跟他们喊："冤枉啊！大人！"意思大概就是说，为什么我们收成这么好，却卖不掉，全部要倒在河里？为什么是这样不合理的制度？或者说遇到台风要请大官来拯救他们……

那时我们年纪小，看到这种情景都感到非常心酸，这种心酸使我觉得，如果有那么一天，希望我能替这些人讲话，也就是替一些没有机会出声的人发声。这是第一个原因，而这个原因在我小时候就已经萌芽，等到它比较成熟是在念高中时。为什么等到念高中时才比较成熟，因为我以前一直以为农人是挺悲惨的了，等到念高中时，因为我念的是台南一个离海边很近的学校——瀛海中学，我的同学有一些是渔民的子弟，他们比我们更悲惨。

我常常会碰到的一种情况就是，在上学时看到隔壁的同学在哭。我就说，喂！为什么哭呀？因为我念高中已经很少哭了。他说哥哥昨天在海上死了！那时我听了很震撼，因为我小时候一直以为自己的生活很悲惨了，没想到我四周的环境已经这么差了，还有比这更差的，这些人就是渔民，另外还有盐民。那时候盐田都是政府经营的，这些盐民领很少的工资，而且工作非常辛苦。以前晒盐不比现在，盐都是用人挑的，现在已经完全自动化了。所以当时生活很悲惨。那时候我就想，原来还有更悲惨的人，我应该要替他们讲话，为什么这个社会上都没他们的声音！

另外一个原因就是，希望除了能够代他们发声之外，还希望使人跟人之间可以沟通。因为生活在不同环境的人是很难沟通的，不仅是大人，小孩也一样。像我在读书的时候，那时还有省籍的意识，他们会分外省人和本省人，外省人还分这是眷村的、那不是眷村的；本省人也还分这是糖厂的、那是警察局的……像我们就是种田的。然后这些人之间不太容易交朋友，因为背景、思想、行为的不同。我就想为什么会有这么大的差别？原来就是人跟人之间沟通上的障碍。

所以这段时间，我就立定志向要写作。我想要做一个作家，第一个条件就是要读很多书，第二个就是要思考。可是你要知道，在中国台湾的教育环境里面，是没机会让你在读高中时读很多的书，也没有机会让你每天思考。所以那时候上到高二，我几乎已经变成学校里的一个怪物，因为我每天都会跑到海边去散步、去思考，思考人类的前途。大家都觉得这个小孩怎么如此奇怪。

那时候我读了很多课外书，我曾经立志要把学校图书馆的书，从第一本看到最后一本，所以每天都跑图书馆，什么种类的书我都看，每天做笔记。虽然内容不一定全能吸收，可是那时的我就是认定一个作家就必须懂得那么多，所以拼命看书。

当时我对"作家"没有概念，认为作家就是写文章的，可是哪里有那么多文章可以写？而且你一定要每天写，那就一定要有很多资料，而这些资料要从哪里来？一定是从读很多书得来的。所以在高中时，我就读了不少课外书。刚开始读时，我非常吃惊，这种吃惊就是觉得这些书为什么这么好看？学校的书为什么没这么好看？除了学校的图书馆，我又到外面借回很多三十年代的书籍。有许多书我从第一个字抄到最后一个字。因为那时没有复印机，借来的书只好抄，抄的时候，底下垫好几张复写纸，抄完以后装订，再卖给同学，这样我就把钱赚回来了，而我自己也保留了一份。

那段时期，抄了很多三十年代的作品，这些作品非常深刻地感动着我，我想是因为我童年生活背景的关系。

因为这样，我非常喜欢读书。也因为这样，我的功课很差，差到什么程度呢？我念高中二年级时，第一个学期结束，放了寒假在家里，我爸爸收到我的成绩单，在饭桌上打开来看后，对我说："还不错嘛！有一科蓝色的。"

而且这蓝色是美术科——六十分，其他全都不及格，我爸爸妈妈一直到现在还搞不懂的是，我是我们家的小孩最爱念书的，每天回到家就是关在书房里，可是成绩却是我们家的小孩中最差的，我哥哥姊姊的成绩都不错。我妈妈就觉得很奇怪，是不是这个小孩头脑有问题，他花了那么长的时间读书，却读到这样子。但是他们也不忍责备我，因为我实在已经太用功了。他们并不清楚，在学校读书是一定要读考试的。

因为喜欢读课外书，所以课业成绩一落千丈，课业成绩不好，学校老师就看不起，不但看不起，而且态度也不好。常常因为很小的事情，老师会骂我，我不服气就反抗，他们便不高兴。结果到了高二，我已经被记了两大过、两小过、留校察看。他们不准我再住在学校宿舍，怕我会影响别的同学的情绪和操行。所以我高中二年级到三年级都在校外租房子，住过杀猪的家，住过杂货店……

爸爸妈妈很伤心，为什么这么爱读书的孩子会受苦刑到这步田地？他们无法理解，常常问我到底要做什么？为什么书读得那么烂？我说我要当作家。他们说作家是做什么的？我说作家就是写了文章以后寄出去，人家钱就寄来了，不是很好吗？我爸爸就认为那是绝不可能的，天下哪有那么好的事？

那时候我的人生已经快完蛋了，因为我觉得已经没有什么指望了。我就想说不要念书，回到乡下去种田。然后一边种田，一边发展我写作的事业。可是爸爸妈妈都坚决反对我做这样的决定，因此考虑让我转学。

可是后来我并没有转。为什么呢？因为幸好在我高中二年级下学期，碰到一位很好的语文老师兼导师。他的名字叫王雨苍，北大毕业，已经有一把年纪了，是从公立高中退休后到私立学校教书的，因为教书是他的兴趣。

在我被人看不起的那段时间，他就是对我非常的好，可以说是这个世界上第一个鼓励我写作的人。他那时问我到底在干什么？我说我想当作家。他听后吓了一大跳，因为他教书多年，也没听到有学生想当作家的。他就问我为什么，我说我要为沉默的大众发声，要促进人跟人之间的沟通。他听了很感动，觉得我年纪那么小，志气却那么大。于是他就一直鼓励我，要我及时开始做准备。

所以那个时候，我每天写一两千字的文章，这也是当时唯一支持我继续读书和活下去的理由。写了一段时间之后，因为投稿常见报，在学校里渐渐出了名。那时我的文章常被登在联合报这些不得了的报纸上，大家都觉得很惊讶，开始对我另眼相看。

那时候（大概二十年前），一篇稿费（一千多字）大概三四百元，可以在学校吃住一两个月不成问题。

因为这样，我常代表学校出去参加作文比赛，每次都得奖。好几次还得到台南市论文比赛第一名。老师也开始对我比较善待，他们都知道我要当作家，大学考不上也没有关系，所以打那时候开始，也没有人逼我要好好读书。我想这一段时期对我后来的影响非常大，因为如此，我差不多在高中时期就放弃了考大学的念头，认为我应该好好写作而不要考大学。那时校长还把我叫去，告诉我不用报名了，因为报名费一百四十元，他说："你干脆把那一百四十元省下来，买西瓜请同学吃好了！"

我说我还是要赴考，至少要给爸爸妈妈一个交代。可是那时代我已经非常确定我的志向，那就是将来要做一个作家，即使没有考上大学，仍然会继续写作，不管身处在什么情况之下。想当然耳，第一年我就名落孙山——落榜了。我爸爸卖了家里的一块田地，筹了一笔钱。他把我叫去，说："你没有考上，我知道你很难过，现在这里有三万多块，我听说台北有一种补习班是保证班，你交了钱就保证一定考上。你把这笔钱交去保证班吧！保证班一年八千块，交了学费，你还有余钱可以在台北生活。"

于是我就带着一笔三万多块的钱来台北。在补习班门前徘徊了好几天，因为我这辈子从来没有拿过这么大的一笔钱，这三万多块交进去，实在太可惜！交给别人花还不如自己花。自己要怎么花呢？那时我就想，三万块，如果一个人拿来过一年，绰绰有余！因为一个月花两千多，在当时来说已经很不错了。

那时不知哪里来的勇气，我立即做了一个决定，我不要补习，我要把这笔钱拿来做一个旅行，因为我在高中时就很想去了解别人的生活，可是自己的经验缺乏。所以我就想去一些地方旅行，了解一些地方的风土人情，那对我的写作会很有帮助。

所以我便开始计划一年的旅行，到澎湖住一个月，去梨山一个月，去南台湾、东澳、南澳、苏澳、山地部落、矿坑、牧场……环岛旅行了一年，这三万多块还没花完，因为我住很便宜的地方，或者在当地打工。

那一年，我一边旅行一边做笔记，觉得生命变得很丰富。那时我有一个月住在海边，每天到海边散步，回到住的地方常喝茶，觉得人生真是幸福，因为在我高中毕业之前，简直不敢想象人可以这样过日子。这时候完全处在一种非常平静的心情之下，可以做一些自己喜欢的事。一直到现在，我仍然很喜欢自己跟自己对话、自己同自己思考。去梨山时，我发现梨山在征采水蜜桃的工人，日资四十元并供膳宿。我觉得这个工作不坏，就去做工，吃住了一个多月，一直到水蜜桃采收完后才下山。

那一年，对我的影响实在太大了，我发现自己的眼界突然被打开了，原来世界这么广大，和我以前所想的完全不同。对一个高中生来说，他独自去旅行一年，那种感受非常强烈、刻骨铭心，带给他是多么大的震撼！此外，它让我比较真实地认识别人的生活。

我们以前因为生活环境的关系，使我们在体验上受了极大的限制，不知道人到底是怎么样过生活。原来这个世界上有很多不同的人、做不同的工作。这个经验深深地影响到我后来的创作。譬如后来我花很长的时间去写报道文学，以至后来做新闻记者，就是喜欢去了解这些东西。我的散文之所以常常写进生活层面去，就是因为我极度喜欢人文。因为最让我们震撼的不是自然，而是直接生活在这里面的人的想法和心情，即使在一个风景普通的地方，如果这里有一些人有一些特别的想法，我们就会觉得这里很美。

不过很悲惨的是，那年考大学又落榜了，但是我一点都不觉得遗憾，因为这种交换对我来说，实在很可贵。

第三年，我为了不辜负爸爸妈妈对我考上大学的期望，努力地考上了世界新专电影科。考上以后，我爸爸放了一串鞭炮，庆祝我终于金榜题名了。

　　那一段时期的经历对我的影响很大，使我非常确立自己写作的志向。在旁人来说，写作也许只是他们的兴趣，觉得写文章可以做一些自我的表达；可是对我来说却不同，我一开始写作的动机就是希望为这个世界写作，为这个世界的人写作。

　　我比较不喜欢做所谓的"乖孩子"，我在读高中时，就常常做一种思考——这个事情如果很多人都用同样的观点来看的时候，你有没有一个新的观点？我认为一个写作的人就是要在人潮里做逆流。当这个世界都被污水弄脏的时候我即使只有一滴清水，也要拿来清洗这个世界。

　　我的少年时代是那么美、那么真实，那一段岁月里，我想，我基本的人格与风格都已经养成了。

河的感觉

1

秋天的河畔，菅芒花开始飞扬了，每当风来的时候，它们就唱一种洁白之歌，菅芒花的歌虽是静默的，在视觉里却非常喧闹，有时会见到一株完全成熟的种子，突然爆起，向八方飞去，那时就好像听见一阵高音，哗然。

与白色的歌相应和的，还有牵牛花的紫色之歌，牵牛花瓣的感觉是那样柔软，似乎吹弹得破，但没有一朵牵牛花被秋风吹破。

这牵牛花整株都是柔软，与芒花的柔软互相配合，给我们的感觉是，虽然大地已经逐渐冷肃了，山河仍是如此清朗，特别是有阳光的秋天清晨，柔情而温暖。

在河的两岸，从被刷洗得几乎仅剩砾石的河滩，虽然有各种植物，却以芒花和牵牛花争吵得最厉害，它们都以无限的谦卑匍匐前进。偶尔会见到几株还开着绒黄色碎花的相思树，它们的根在水沙石上暴露，有如强悍的爪子抓入土层的深处，比起牵牛花，相思树高大得像巨人一样，抗衡着沿河流下来的冷。

河，则十分沉静，秋日的河水浅浅地、清澈地在卵石中穿梭，有时流到较深的洞，仿佛平静如湖。

我喜欢秋天的时候在砾石堆中捡石头，因为夏日在河岸嬉游的人群已经完全隐去，河水的安静使四周的景物历历。

河岸的卵石，有一种难以言喻之美。它们长久在河里接受刷洗，比较软弱的石头已经化成泥水往下游流去，坚硬者则完全洗净外表的杂质，在河里的感觉就像宝石一样。被匠心磨去了棱角的卵石，在深层结构里的纹理，就会像珍珠一样显露出来。

我溯河而上，把捡到的卵石放在河边有如基座的巨石上接受秋日阳光的曝晒，准备回来的时候带回家。

连我自己都不能确知，为什么那样爱捡石头，这里面一定有什么原因还没有探触到。有时我在捡石头突然遇到陌生人，会令我觉得羞怯，他们总用质疑的眼光看着我这异于常人的举动。或者当我把石头拾回，在庭院前品察，并为之分类的时候，熟识的乡人也会以一种似笑非笑的眼光看我，一个人到了中年还有点像孩子似的捡石头，连我自己也感到迷思。

那不纯粹是为了美感，因为有一些我喜爱的石头禁不起任何美丽的分析，只是当我在河里看到它时，它好像漂浮在河面，与别的石头不同。那感觉好像走在人群中突然看见一双仿佛熟识的眼睛，互相闪动了一下。

我不只捡乡间河畔的石头，在海外旅行时，如果遇到一条河，我总会捡几粒石头回来作纪念。例如有一年我在尼罗河捡了一袋石头回来摆在案前，有人问起，我总说："这是尼罗河捡来的石头。"

那人把石头来回搓揉，然后说："尼罗河的石头也没有什么嘛！"

石头捡回来，我很少另作处理，只有一次是例外，我在垦丁海岸捡到几粒硕大的珊瑚礁石，看得出它原是白色的，却蒙上灰色的风尘，我就用漂白水泡了三天三夜，使它洁白得像在海底看见的一样。

我还有一些是在沙仑淡水河捡到的石头，是纯黑的，隐在长着虎苔的大石缝中，同样是这岛上的石头，有的纯白，有的玄黑，一想到，就觉得生命颇有迷离之感。

我并不像一般的捡石者，他们只对石头里浮出的影像有兴趣，例如石上正好有一朵菊花、一只老鼠，或一条蛇，我的石头是没有影像的，它们只是记载了一条河的某些感觉，以及我和那条河相会面的刹那。但偶尔我的石头会出现一些像云、像花、像水的纹理，那只是一种巧合，让我感觉到石头在某个层次上是很柔软的，这种坚强中的柔软之感，使我坚信，在最刚强的人心中，我们必然也可看见一些柔软的纹理，里面有着感性与想象，或者梦一样的东西。

在我的书桌上、架子上，甚至地板上到处都堆着石头，有时在黑夜开灯，觉得自己正在河的某一处激流里，接受生命的冲刷。

那样的感觉好像走在人群中突然看见一双仿佛熟识的眼睛，互相闪动了一下。

2

走在人群中看见熟识的眼睛，互相地闪动，常常让我有河的感觉。

在最繁华的忠孝东路，每当我回来居住在台北的时候，我会沿着永吉路、基隆路，散步到忠孝东路去。我喜欢在人群里东张西望，或者坐在有玻璃大窗的咖啡店旁边，看着流动如河的人群。虽然人是那样拥挤，却反而给我一种特别的宁静之感，好像秋日的河岸。

在人群中的静观，使我不至于在枯木寒灰的隐居生活中沦入空茫的状态。我知道了人心的喧闹、人间的匆忙以及人是多么渺小，有如河里的一粒卵石。

我是多么喜欢观察人间的活动，并且在波动的混乱中找寻一些美好的事物，或者说找寻一些动人的眼睛。人的眼睛是五官中最会说话的，它无时无刻不在表达着比嘴巴还要丰富的语言——婴儿的眼睛纯净，儿童的眼睛好奇，青年的眼睛有叛逆之色，情侣的眼睛充满了柔情，主妇的眼睛充满了分析与评判，中年人的眼睛沉稳浓重，老年人的眼睛则有历经沧桑后的一种苍茫。

如果说我是在杂沓的城市中看人，还不如说我在寻找着人的眼睛，这也是超越了美感的赏析的态度，我不太会在意人们穿什么衣裳，或者现在流行什么，或者什么人是美的或丑的，回到家里，浮现在我眼前的，总是人间的许许多多眼神，这些眼神，记载了一条人的河流的某些感觉，以及我和他们相会时的刹那。

有时，见到两个人在街头偶然相遇，在还没有开口说话之前，他们的眼神就已经先惊呼出声，而在打完招呼错身而过时，我看见了眼里的轻微的叹息。

我们要了解人间，应该先看清众生的眼睛。

有一次，在统领百货公司的门口，我看到一位年老的婆婆带着一位稚嫩的孩子，坐在冰凉的磨石板上乞讨，老婆婆俯低着头，看着眼前的一个装满零钱的脸盆，小孩则仰起头来，有一对黑白分明的眼睛，滴溜溜转着，看着从前面川流过的人群。那脸盆前有一张纸板，写着双目失明的老婆婆家里沉痛的灾变，她是如何悲苦地抚育着唯一的孙子。

我坐在咖啡厅临窗的位置，却看到好几次，每当有人丢下整张的钞票，老婆婆会不期然地伸出手把钞票抓起，匆忙地塞进黑色的袍子里。

乞讨的行为并不令我心碎，只是让我悲悯，当她把钞票抓起来的那一刹那，才令我真正心碎了。好眼睛的人不能抬眼看世界，却要装成失明者来谋取生存，更让人觉得眼睛是多么重要。

这世界有许多好眼睛的人，却用心把自己的眼睛蒙蔽起来，周围的店招上写着"深情推荐""折扣热卖""跳楼价""最心动的三折"等等，无不是在蒙蔽我们的眼睛，让我们心的贪婪伸出手来，想要占取这个世界的便宜，就好像卵石相碰的水花，这世界的便宜岂是如此容易就被我们侵占？

人的河流里有很多让人无奈的事相，这些事相益发令人感到生命之悲苦。

有一个问卷调查报告，青少年十大喜爱的活动，排在第一位的竟是"逛街"，接下来是"看电影""游戏"。其实，这都是河流的事，让我看见了，整个城市这样流过来又流过去，每个人在这条河流里游泳，每个人扮演自己的电影，在过程中茫然地活动，并且等待结局。

最好看的电影，结局总是悲哀的，但那不是流泪或者号啕，只是无奈，加上一些些茫然。

有人说，城市人擦破手，感觉上比乡下人擦破手要痛得多。那是因为，城市里难得有破皮流血的机会，为什么呢？因为人人都已是一粒粒的卵石，足够圆滑，并且知道如何避免伤害。

可叹息的是，如果伤害是来自别人、来自世界，总可以找到解决的方法，但城市人的伤害往往来自无法给自己定位，伤害到后来就成为人情的无感，所以，有人在街边乞讨，甚至要伪装盲者才能唤起一丁点的同情，带给人的心动，还不如"心动的三折"。

这往往让人想到溪河的卵石，卵石由于长久的推挤，它只能互相碰撞，但河岸的风景、水的流速、季节的变化，永远不是卵石关心的主题。

因此，城市里永远没有阴晴与春秋，冬日的雨季，人还是一样在街头流动。

你流过来，我流过去，我们在红灯的地方稍作停留，步过人行道，在下一个绿灯分手。

"你是哪里来的？""你将要往哪里去？"

没有人问你，你也不必回答。

你只要流着就是了，总有一天，会在某个河岸搁浅。

没有人关心你的心事，因为河水是如此湍急，这是人生最大的悲情。

3

河水是如此湍急，这是人生最大的悲情。

我很喜欢坐船。如果有火车可达的地方，我就不坐飞机；如果有船可坐，我就不搭火车。那是由于船行的速度慢一些，让我的心可以沉潜；如果是在海上，船的视界好一些，使我感到辽阔；更要紧的是，船的噗噗的马达声与我的心脏和鸣，让我觉得那船是由于我心脏的跳动才开航的。

所以在一开航的刹那，就自己叹息：

呀！还能活着，真好！

通常我喜欢选择站在船尾的地方，船行过处，掀起的波浪往往形成一条白线，鱼会往波浪翻涌的地方游来，而海鸥总是逐波飞翔。

船后的波浪不会停留太久，很快就会平复了，这就是"船过水无痕"，可是在波浪平复的当时，在我们的视觉里，它好像并未立刻消失，总还会盘旋一阵，有如苍鹰盘飞的轨迹，如果看一只鹰飞翔久了，等它遁去的时刻，感觉它还在那里绕个不停，其实，空中什么也不见了，水面上什么也不见了。

我的沉思总会在波浪彻底消失时沦陷，这使我感到一种悲怀，人生的际遇事实上与船过的波浪一样，它最终是会消失的，可是它并不是没有，而是时空轮替自然的悲哀，如果老是看着船尾，生命的悲怀是不可免的。

那么让我们到船头去吧！看船如何把海水分割为二，如何以勇猛的香象截河之势，载我们通往人生的彼岸。一艘坚固的船是由很多的钢板千锤百炼铸成，由许多深通水性的人驾驶，这里面就充满了承担之美。

让我也能那样勇敢地破浪、承担，向某一个未知的彼岸航去。

这样想时，就好像见到一株完全成熟的芒花，突然爆起，向八方飞去，使我听见一阵洁白的高音，唱哗然的歌。

有情十二帖

前生

前生，我们也是在这样的溪水畔道别的吧！

要不然，我从山径一路走来，心原是十分平静的，可是我看见这条溪时，心为什么如水波一样涌动起来？周围清冽的空气，使我感到一种不知何处流来的可惊的寒冷。

以溪水为镜，我努力地想知道，这条溪与我有着什么样的因缘？或者是，我如何在溪的此岸，看着你渐去渐远的身影？或者是，同在一岸，你往下游走去，而我却溯源而上？

我什么都照映不出来，因为溪水太激动了。

这已是春天了呀？草正绿着，花正盛开，阳光正暖，溪水为什么竟有清冷而空茫的感觉呢？

想是与久远的前生有着不可知的关系。

在春天的时候，临溪而立，特别能感觉到生命是一道溪流，不知从何流来，不知流向何处。

此刻的我，仿佛是，奔流的河溪中刚刚落下的，一片叶子。

流转

在十字路口的古董店临窗的角落，我坐在一张太师椅上，立刻就站起来，因为那张椅子上还留着别人坐过的温度。

从小我就不习惯坐别人坐过的热椅子，宁可站着等那椅子冷了，才落座。尤其古董店的椅子，据说这张椅子是清朝的，那美丽的雕花让我知道这不是平民的椅子，它的第一个主人曾经是富有的人吧！

现在，那个富有的人，他的财富必然已经散尽了，他的身体一定也在时空中消亡了，留下这一组椅子，没有哭笑，在午后的阳光中静静的，几乎是睡着一般。

我在古董店转了一圈，好像与时空一起流转，唐朝的三彩马，明代的铜香炉，清朝的瓷器，民初的碗盘，有很多还完美如新。有一张八仙彩，新得还像某一个脸容贞静的妇女一针一针刺绣上去，针痕还在锦上，人却已经远去了，像空气，像轻轻的铜铃声。

在古董店，我们特别能感受时光的无情，以及生命的短暂，步出古董店时我觉得，即使在早春，也应珍惜正在流转的光阴。

山雨

看着你微笑着，无声，在茫茫的雨雾从山下走来，你撑着的花伞，在每一格石级一朵一朵开上来，三月道旁的杜鹃与你的伞一样有艳红的颜色。在春雨的绵绵里，我的忧伤，像雨里的乱草缠绵在一起，忧伤的雨就下在我的眼中。

　　眼看你就要到山顶，却在坡道转弯处隐去了，隐去如山中的风景，静默。雨，也无声。

　　山顶的凉亭里，有人在下棋，因为棋力相当，两个人静静地对坐着，偶尔传来一声"将军"，也在林间转了又转，才会消失。

　　我看着满天的雨，感觉这阵雨永远也不会停。

　　你果然没有到山顶上，转过坡道又下山了，我看着你的背影往山下走去，转一道弯就消失了，消失成雨中的山，空茫的山。

　　山雨不停，我心中忧伤的雨也一如山雨。

　　这阵雨永远也不会停了！看着满天的雨，我这样想着。

　　突然听到凉亭里传来一声高扬的：将军！

四月

　　我最喜欢四月的阳光，四月的阳光不温不火，透明温润有琉璃的质感。

　　四月的阳光，使每一朵花都是水晶雕成，在风里唱着希望之歌，歌声五色，仿佛彩虹。

　　四月的阳光，使每一株草都是翡翠繁生，在土地写着明日之诗，诗章湛蓝一如海洋。

　　在四月的阳光中，我们把冬寒的灰衣褪去，肤触着遥远天际传来的温热，使我想起童年时代，赤身奔跑过四月的田野，阳光就像母亲温暖的怀抱，然后我们跳入还留着去年冬寒的溪里游水。最后，我们带着全身琉璃的水珠躺在大石上，水一丝丝化入空中，我们就在溪边睡着了。

在四月的阳光中，草原、树林、溪流、石头都是净土，至少对无忧的孩子是这样的。所以，不论什么宗教，都说我们应该胸怀一如赤子，才能进入清净之地。

四月还是四月，温暖的阳光犹在，可叹的是我们都不再是赤子了。

石狮

我们走过生命的原野时，要像狮子一样，步步雄健，一步留下一个脚印。

我们渡过生命的河流之际，要像六牙香象，中流砥柱，截河而流，主宰自己生命的河流与方向。

我们行经生命的丛林小径，要像灰鹿之王，威严而柔和，雄壮而悲悯，使跟随我们的鹿群都能平安温饱。

这些都是佛经的譬喻，是要我们期许自己像狮子一样威猛，像香象一样壮大，像鹿王一样温和庄严。当我们想起这几种动物，真有如自己站在高山顶上，俯视着莽莽的林木与茫茫的草原，也有那样的气派。

狮子是文殊师利菩萨的坐骑，白象是普贤菩萨的坐骑，都是极有威势的护法，尤其狮子更是普遍，连民间一般寺庙都是由狮子来护法的。

今天路过一座寺庙，看到门前的石狮子有不同的表情，几乎是微笑着的，然后我想起每座寺庙前的狮子，虽是石头雕成，每只的表情都有细微的不同。

即使是石狮子，也是有心，特别是在温馨的五月清晨的微风之中。

欢喜

黄山谷有一天去拜访晦堂禅师，问禅师说："禅宗的奥义究竟是什么？"

晦堂禅师说："《论语》上说：'二三子，以我为隐乎？吾无隐乎尔。'禅对你们也没有什么隐藏，这意思你懂吗？"

黄山谷说："我不懂。"

然后，两人都沉默了，一起在山路上散步，当时，盛开的木樨花正在开放，香味满山。

晦堂问："你闻到香味了吗？"

"是，我闻到了！"黄山谷说。

"我像这木樨花香一样，没有隐瞒你呀！"禅师说。

黄山谷听了，像突然打开心眼一样开悟了。

是的，这世界从来没有隐藏过我们，我们的耳朵听见河流的声音，我们的眼睛看到一朵花开放，我们的鼻子闻到花香，我们的舌头可以品茶，我们的皮肤可以感受阳光……在每一寸的阳光中都有欢喜，在每个地方都有禅悦。

我曾在一个开满凤凰花的城市住了三年，今天看到一棵凤凰花开，好像唱着歌一样，使我的眼耳鼻舌身意都洋溢着少年时代的欢喜。

院子

农村里的秋天来得晚，但真正的秋天来的时候是很写意的。

首先感觉到的是终于有黄昏的晚霞了，当河边的微风吹过，我们背着沉重的书包回家，站在家前院子往远山看去，太阳正好把半天染红；那云红得就像枫叶，仿佛一片一片就要落下来了。于是，我常常站在院子里就呆住了，一直到天边泼墨才惊醒过来。

然后，悬丝飘浮的、带着清冷的秋灯、只照射自己的路的萤火虫，不知道是从河的对岸还是树林深处来了，数目多得超乎想象，千盏万盏掠过院子，穿过弄堂，在草丛尖浮荡。有人说萤火虫是点灯来找它前世的情缘，所以灯盏才会那么的凄清闪烁，动人肺腑。

最后，是大人们扇着扇子，坐在竹椅上清喉咙："古早、古早、古早……"说着他们的父亲、祖父一直传说不断忠孝节义的故事，听着这些故事，使我觉得秋天真是温柔，温柔中流着情义的血。我们听故事的那个院子，听说还是曾祖父用石块亲手铺成的。

秋天枫红的云，凄凉的萤火，用传说铺成的院子如今还在闪烁，可惜现在不是秋天，也找不到那个院子了。

有情

"花，到底是怎么样开起的呢？"有一天，孩子突然问我。

我被这突来的问题问住了，我说："是春天的关系吧。"

对我的答案，孩子并不满意，他说："可是，有的花是在夏天开，有的是在冬天开呀！"

我说:"那么,你觉得花是怎样开起的呢?"

"花自己要开,就开了嘛!"孩子天真地笑着,"因为它的花苞太大,撑破了呀!"

说完孩子就跑走了。是呀!对于一朵花和对于宇宙一样,我们都充满了问号,因为我们不知它的力量与秩序明确地来自何处。花的开放,是它自己的力量在因缘里的自然展现,它蓄积自己的力量,使自己饱满,然后爆破,有如阳光在清晨穿破了乌云。

花开是一种有情,是一种内在生命的完成,这是多么亲切呀!使我想起,我们也应该蓄积、饱满、开放,永远追求自我的完成。

炉香

有一天,一位老太太问赵州从谂禅师:"怎样去极乐世界呢?"

赵州说:"大家都去极乐世界吧!我只愿永远留在苦海。"

我读到这里,心弦震动,久久不能自已,一个已经开悟的禅师,他不追求极乐,而希望自己留在与众生相同的地方,在苦海中生活,这是真实的伟大的慈悲。就好像在莲花池边,大家都赶来看莲花,脚步杂乱,纸屑满地,而他只愿留下来打扫莲花池。

抬起头来,我看见案前的檀香炉,香烟袅袅,飘去不可知的远方,香气在室内盘绕不息。这烟气是不是也在飘往极乐世界呢?可是如果没有香炉的承受,接受火炼,檀香的烟气也不可能飞到远方。

赵州正是要做那一个大香炉,用自己的燃烧之苦来点燃众生虔诚的极乐之向往。

我也愿做烧香的铜炉，而不要只做一缕香。

天空

我和一位朋友去参观一处数有年代的古迹，我们走进一座亭子，坐下来休息，才发现亭子屋顶上刻着许多繁复、细致、色彩艳丽的雕刻，是人称"藻井"的那种东西。

朋友说："古人为什么要把屋顶刻成这么复杂的样子？"

我说："是为了美感吧！"

朋友说不是这样的，因为人哪有那样多的时间整天抬头看屋顶呢！

"那么，是为了什么？"我感到疑惑。

"有钱人看见的天空是这个样子的呀！缤纷七彩、金银斑斓，与他们的珠宝箱一样。"这是我第一次听见的说法，眼中禁不住流出了问号，朋友补充说："至少，他们希望家里的天空是这样子，人的脑子塞满钱财，就会觉得天空不应该只是蓝色，只有一种蓝色的天空，多无聊呀！"

朋友似笑非笑地看着藻井，又看着亭外的天空。

我也笑了。

当我们走出有藻井的凉亭时，感觉单纯的蓝天，是多么美！多么有气派！

水因有月方知静，天为无云始觉高。我突然想起这两句诗。

如水

曾经协助丰臣秀吉统一全日本的大将军黑田孝高，擅于用水作战，曾用水攻陷了久攻不下的高松城，因此在日本历史上有"如水"的别号，他曾写过"水五则"：

一、自己活动，并能推动别人的，是水。

二、经常探求自己的方向的，是水。

三、遇到障碍物时，能发挥百倍力量的，是水。

四、以自己的清洁洗净他人的污浊，有容清纳浊的宽大度量的，是水。

五、汪洋大海，能蒸发为云，变为雨、雪，或化而为雾，又或凝结成一面如晶莹明镜的冰，无论其变化如何，仍不失其本性的，也是水。

这"水五则"，也就是"水的五德"，是值得参究的，我们每天要用很多的水，有没有想过水是什么？要怎样来做水的学习呢？

要学习水，我们要做能推动别人的、常探求自己方向的、以百倍力量通过障碍的、有容清纳浊度量的、永不失本性的人。

要学习水，先要如水一样清净、无碍才行。

茶味

我时常一个人坐着喝茶，同一泡茶，在第一泡时苦涩，第二泡甘香，第三泡浓沉，第四泡清冽，第五泡清淡，再好的茶，过了第五泡就失去味道了。

这泡茶的过程时常令我想起人生，青涩的年少，香醇的青春，沉重的中年，回香的壮年，以及愈走愈淡，逐渐失去人生之味的老年。

我也时常与人对饮，最好的对饮是什么话都不说，只是轻轻地品茶；次好的是三言两语；再次好的是五言八句，说着生活的近事；末好的是九嘴十舌，言不及义；最坏的是乱说一通，道别人的是非。

与人对饮时常令我想起，生命的境界确乎是超越言句的，在有情的人心灵中不需要说话，也可以互相印证。喝茶中有水深波静、流水喧喧、花红柳绿、众鸟喧哗、车水马龙种种境界。

我最喜欢的喝茶，是在寒风冷肃的冬季，夜深到众音沉默之际，独自在清静中品茗，杯小茶浓，一饮而尽，两手握着已空的杯子，还感觉到茶在杯中的热度，热，迅速地传到心底。

犹如人生苍凉历尽之后，中夜观心，看见，并且感觉，少年时沸腾的热血，仍在心口。

生平一瓣香

你提到我们少年时代，常坐在淡水河口看夕阳斜落，然后月亮自水面冉冉上升的景况，你说："我们常边饮酒边赋歌，边看月亮从水面浮起，把月光与月影投射在河上，水的波浪常把月色拉长又挤扁，当时只是觉得有趣，甚至痴迷得醉了。没想到去国多年，有一次在密西西比河水中观月，与我们的年少时光相叠，故国山川争如水中之月、镜中之花，挤扁又拉长，最后连年轻的岁月也成为镜花水月了。"

这许多感怀，使你在密西西比河畔因而为之动容落泪，我读了以后也是心有戚戚。才是一转眼间，我们竟已度过几次爱情的水月镜花，也度过不少挤扁又拉长的人世浮嚣了。

还记否？当年我们在木栅的小木屋里临墙赋诗，我的木屋中四壁萧然，写满了朋友们题的字句，而门上匾额写的是一首《困龙吟》。有一次夜深了，我在小灯下读钱锺书的《谈艺录》，窗外月光正照在小湖上，远听蛙鸣，我把书里的两段话用毛笔写在墙上：

　　水月镜花，固可见而不可提，然必有此水而后月可印潭；

有此镜而后花可映面。

水与镜也，兴象风神，月与花也，必水澄镜朗，然后花月宛然。

那时我是相当穷困，住在两坪大只有一个书桌的小屋，我唯一的财产是满屋的书以及爱情。可是我是富足的，当我推开窗子，一棵大榕树面窗而立，树下是植满了荷花的小湖，附近人家都是那么亲善，有时候，我为了送女友一串风铃到处告贷，以书果腹。你带酒和琴来，看到我的窘状，在我的门口写下两句话：

月缺不改光，剑折不改刚。

我在醉酒之后也高歌："我醉欲眠君且去，明朝有意抱琴来。"似乎是我们穷到只要有一杯酒、一卷书，就满足地觉得江山有待了。后来我还在穷得付不出房租的时候，跳窗离开那个木屋。

前些日子我路过，顺道转去看那一间我连一个月三百元房租都缴不起的木屋，木屋变成一幢高楼，大榕树魂魄不在，小湖也盖了一幢公寓，我站在那里怅望良久，竟然忘了自己身在何方，真像京戏《游园惊梦》里的人。

我于是想到世事一场大梦，书香、酒魄、年轻的爱与梦想都离得远了，真的是镜花水月一场，空留去思。可是重要的是一种回应，如果那镜是清明，花即使谢了，也曾清楚地映照过；如果那水是澄朗，月即使沉落了，也曾明白地留下波光。水与镜似乎都是永恒的事物，明显如胸中的块垒，那么，花与月虽有开谢升沉，都是一种可贵的步迹。

我们都知道击石取火是祖先的故事，本来是两个没有生命的石头，一碰撞却生出火来，石中本来就有火种——再冷酷的事物也有它感性的一面——，不断地敲击就有不断的火光，得火实在不难，难的是，得了火后怎么使那微小的火种得以不灭。镜与花，水与月本来也不相干，然而它们一相遇就生出短暂的美，我们怎么样才能使那美得以永存呢？

只好靠我们的心了。

就在我正写信给你的时候，突然浮起两句古诗："笼中剪羽，仰看百鸟之翔；侧畔沉舟，坐阅千帆之过。"爱与生的美和苦恼不就是这样吗？岁月的百鸟一只一只地从窗前飞过，生命的千帆一艘一艘地从眼中航去，许多飞航得远了，还有许多正从那些不可测知的角落里航过来。

记得你初到康乃狄格不久，曾经为了想喝一碗羼柠檬水的爱玉冰不可得而泪下，曾经为了在朋友处听到雨夜花的歌声而胸中翻滚，那说穿了也是一种回应，一种羼和了乡愁和少年情怀的回应。

我知道，我再也不可能回到小木屋去住了，我更知道，我们都再也回不到小木屋那种充满了精纯的真情的岁月了，这时节，我们要把握的便不再是花与月，而是水与镜，只要保有清澄朗净的水镜之心，我们还会再有新开的花和初升的月亮。

有一首词我是背得烂熟了，是陈与义的《临江仙》：

忆昔午桥桥上饮，

座中尽是豪英。

长沟流月去无声。

杏花疏影里，

吹笛到天明。

二十余年如一梦，

此身虽在堪惊。

闲登小阁看新晴。

古今多少事，

渔唱起三更。

　　我一直觉得，在我们不可把捉的尘世的运命中，我们不要管无情的背弃，我们不要管苦痛的创痕，只要维持一瓣香，在长夜的孤灯下，可以从陋室里的胸中散发出来，也就够了。

　　连石头都可以撞出火来，其他的还有什么可畏惧呢？

屋顶上的田园

连续来了几个台风，全台湾又为了菜价的昂贵而沸腾了，我们家是少数不为菜价烦恼的家庭。

今年春天，我坐在屋顶阳台乘凉的时候，看着空荡荡的阳台，心里想："为什么不在阳台上种点东西呢？"我想到居住在乡间的亲戚朋友，每一小片空地也都是尽量地利用，空着三十几坪的阳台岂不是太可惜吗？

于是，我询问太太和孩子的意见，"到底是种花好呢，还是种菜好？"都认为是种菜好，因为花只是用来看的，菜却要吃进肚子里，而台湾的农药问题是如此的可怕。

孩子问我："爸爸，你真的会种菜吗？"

我听了大笑起来："那是当然的啊！想想老爸是农人子弟，从小什么作物没有种过，区区一点菜算得了什么！"

自己吹嘘半天，却也有一些心虚起来，我的祖父、父亲都是农夫，我小时候虽也有农事的经验，但我少小离家，那已经是很遥远的事了。

种菜，首先要整地，立刻就面临要在阳台上砌砖围土的事情，这样工程就太浩大了。我和孩子一起讨论："如果我们找来三十个大花盆，每一个盆子栽一种菜，一个月之后，我们每天采收一盆，就会天天有蔬菜吃了。"

我把从前种花的时候弃置的花盆找出来，一共有十八盆，再去花市买了十二个塑胶盆子。泥土是在附近的工地要来的废土，种子是托弟媳在乡下的市场买的。没有种过菜的人，一定想不到菜的种子非常便宜，一包才十元，大概可以种一亩地没问题，如果种一盆，种子不到一毛钱。小贩在袋子上都写了菜名，在乡下的菜名和城里的不同，因此搞了半天，才知道"格林菜"是"芥蓝菜"，"汤匙菜"是"青康菜"，"蕹菜"是"空心菜"，"美仔菜"是"莴苣"，那些都是菜长出来后才知道的，其实，所有的青菜都很好吃，种什么菜都是一样的。

我先把工地的废土翻松，在都市里的土地从未种作，地力未曾使用，应该是很肥沃的，所以，种菜的初期，我们可以不使用任何肥料。我已经想好我要用的肥料了，例如洗米的水、煮面的汤、菜叶果皮，以及剩菜残羹等等。

叶菜类的生长速度非常的快，从发芽到采收只要三个星期的时间，几乎每天都可以因看到茂盛的生长而感到喜悦。特别是像空心菜、红凤叶、番薯叶，一天就可以长出一寸长。

我也决定了采收和浇水的方法。

一般的菜农采收叶菜，为了方便起见，都是整棵从地里拔起，我们在阳台种菜格外艰辛，应该用剪刀来采收，例如摘空心菜，每次只采最嫩的部分，其根茎就会继续生长，隔几天又可以收成了。

浇水呢？曾经自己种菜的弟弟告诉我，如果用自来水来浇灌，不只菜长不好，而且自来水费比菜价还高。我找来一些大桶子放在阳台，以便下雨时可以集水，平常则请太太帮忙收集洗米洗菜的水，甚至洗手洗澡的水，既是用花盆种菜，这样的水量也就够了。

我种的第一批菜快要可以收成的时候，发现菜园来了一些虫、蜗牛、蚱蜢等等小动物，它们对采收我的菜好像更有兴趣、更急切。这使我感到心焦，因为我是不杀生、不使用农药的，把小虫一只一只抓来又耗去了太多的时间。

有一天，一位在阳明山种兰花的朋友来访，我请他参观阳台的菜园。他说他发明了一种农药，就是把辣椒和大蒜一起泡水，一桶水里大约辣椒十条、大蒜十粒，然后装在喷水器里，喷在花盆四周和菜叶上，又卫生无毒又有奇效。

从此，我大约每星期喷一次自制的"农药"，果然再也没有虫害了。

自从我种的菜可以采收之后，每次有朋友来，我都摘菜请客，他们很难相信在阳台可以种出如此甜美的菜。有一位朋友吃了我种的菜，大为感慨："在台北市，大概只有两个大人物自己在屋顶上种菜，一个是王永庆，一个是林清玄。"

我听了大笑，大人物是谈不上，不过吃自己种的青菜确是非常踏实，有成就感。

还有一次，主持"玫瑰之夜"的曾庆瑜小姐来访，看到我种的菜，大为兴奋，摘了一枝红凤菜，也没有清洗，就当场大嚼起来，我想阻止她已经来不及了，如果告诉她农药和肥料的来源，她吃得一定更有"味道"了。

从开始种菜以来，就不再担心菜价的问题了，每有台风来的时候，我把菜端到避风的墙边，每次也都安然度过，真感觉到微小的事物中也有幸福欢喜。

每天的早晨黄昏，我抽出半个小时来除草、浇水、松土，一方面劳动了久坐的筋骨，一方面也想起从前在乡间耕作的时光，在劳苦之中感觉到生活的踏实。

我常想，地球上的土地是造物者为了生养人类而创造的，如今却有很多人把土地作为占有与获利的工具，真是辜负土地原有的价值。

想到在东京银座有块土地的日本人，却拿来种稻子，许多人为他不把土地盖成昂贵的楼房，而种粗贱的稻米感到不可思议，那是因为人已经日渐忘记土地的意义了，东京银座那充满铜臭的土地还可以生长稻子，不是值得欢喜雀跃的事吗？

我在阳台上种菜是不得已的，但愿有一天能把菜种在真正的土地上。

世　缘

　　家里有一条因放置过久而缩皱了的萝卜，不能食用，弃之可惜，我找到一个美丽的陶盆试着种它，希望能挽救萝卜的生命。

　　没想到这看起来已完全失去生命力的萝卜，一接触了泥土与水的润泽，不但立即丰满起来，并在很短的时间里抽出了翠绿的嫩芽。接下来的日子，我仿佛看着一个传奇萝卜的嫩绿转成青苍，向四周辐射长长的叶子，覆满了整个陶盆，看见的人没有不盛赞它的美丽。

　　二十几天以后，从叶片的中心竟抽出花蕊，开出一束束淡蓝色的小花，形状就像田野间的油菜花。我虽然生长在乡下，从前却没有仔细看过萝卜开花，这一次总算开了眼界，才知道萝卜花原来是非凡的，带着一种清雅之美。尤其是从一条曾经濒临死亡的萝卜开出，更让人觉得它带着不屈的尊贵。

　　当我正为盛开了蓝色花束的萝卜盆栽欢喜的时候，有一天到阳台浇花，发现萝卜的花与叶子全不见了，只留下孤零零的叶梗，叶梗上爬满青色的毛虫，原来就在一夕之间，这些青虫把整株萝卜都啃光了，由于没有食物，每一只青虫都不安地扭动着、探寻着。

　　这个景象使我有一点懊恼和吃惊，在这么高的楼房阳台，青虫是怎么来的呢？青虫无疑是蛱蝶的幼虫，那么，是蛱蝶的卵原来就藏在泥土中孵化出来？或者是有一只路过的蝶把卵下在萝卜的盆子呢？为什么无巧不巧选择开花的时候诞生呢？

　　我找不到任何答案，不过我知道，如果我不供应食物给这一群幼小的青虫，它们一定会很快死亡，虽然我为萝卜的惨状遗憾，似乎也没有别的选择了。

　　每天，我的第一件事就是摘几片菜叶去喂青虫，并且观察它们，这时我发现青虫终日只做一件事，就是吃、吃、吃，它们毫不停止地吃着菜叶，那样专心一志，有时一整天都不抬头。那样没命地吃，使它们以相等的速度长大和排泄，我每天都可以看出它们比前一天长大，或下午看起来就比早晨大了一些。而且在短短几天内，它们排出的青色粒状粪便，把花盆全盖满了。

　　丑怪而贪婪的青虫，很快就长成两寸长的大虫了，肥满得像要滴出汁液，这时它们不再吃了，纷纷沿着围墙爬行，寻找适当的地点把自己肥胖的身体挂在墙上，它吐出一截短丝黏住墙，然后进入生命的冥想，就不再移动。

　　第一天，青虫的头部蜕成菱形的硬壳，只剩下尾巴在扭来扭去。

　　第二天，连尾巴也硬了，不再扭动，风来的时候，它挂在墙上摇来摇去。

　　第三天，它的身体从绿色转成褐色，然后颜色一直加深。

　　一星期后，青虫的蛹咬破自己的硬壳，从壳中爬出，它的两翼原是潮湿的、软弱的，但它站在那里等待，只是一炷香的时间，它的翼干了、坚强了，这时，它一点也不犹豫，扑向空中、飞腾而去。

呀！那蝴蝶初飞的一刹那，有一种说不出的动人之美，它会飞到有花的地方，借着花蜜生活，然后把卵下在某一株花上。我想，看到这一群美丽的蝴蝶，在春天的阳光花园中上下翻飞，任谁也难以想象，就在不到一个月前，它们是丑怪而贪婪的青虫，曾在一夜间摧毁一棵好不容易才恢复生机的萝卜。

现在，青虫的蛹壳还不规则成群地挂在墙上，风来的时候仍摇动着，但这整个过程就像梦一样，萝卜真的死去了，蛱蝶也全数飞去了。世缘何尝不如此，死的死，飞的飞，到最后只留下一点点启示，一些些观察，人生因缘之流转，缘起缘灭真是不可思议。

如何在世缘中活得积极自在，简单地说就是珍惜每一个小小的缘，一条萝卜使一群青虫诞生，生出一群蛱蝶，飞向广大的天空，一个小的因缘有时正是这么广大的。

今早，我看到萝卜死去的中间又抽出芽来，心里第一个生起的念头是：会不会再有一只蝴蝶飞来呢？

童年的自己

昔人去时是今日，今日依前人不来；今既不来昔不往，
白云流水空徘徊。

——黄龙祖心禅师

不久前返乡陪母亲整理儿时的照片，看到一张里面有我的照片，认了半天竟认不出自己是哪一个。那是因为我们家依大排行，兄弟就有十四个之多，年纪相差极微，长相也接近，以致连自己都看不出小时候的"我"了。

拿去问母亲，她戴起老花眼镜端详了有一会儿，说："我也看不出哪一个是你呢！"然后她指着照片里理光头站在一起一般高的三个毛孩子说："应该是这三个其中的一个。"母亲抬起头来看看我，再看看照片，感慨地说："经过三十年，真的认不出来了呢！"

我拿着照片，从房间走到门口廊下有阳光的地方去看，想确定哪一个是真正的我，仍然没有结果，使我坐在摇椅上发呆了。正好哥哥姊姊回来，我问他们说："来看看哪一个是小时候的我？"

哥哥指出是右边的那个，他的理由是我的额头是家族中最大

的，那个头最大的应该是我。姊姊的意见不同，她认为是左边的那个，理由是我是家中男孩皮肤最白的，所以那最白的是我。奇怪的是，我觉得中间的那个小孩最像我，因为看起来忧郁而害羞，我小时候的个性正是那样。我们正在讨论的时候，弟弟跑出来，说："哪一个是你都没有关系，因为都过去了，赶快进来吃饭吧！"念小学五年级的侄儿听到热闹也跑来，大笑说："哈！哈！叔叔连哪一个是自己都分不清呢！真好笑。"

是呀！为什么经过了三十年的时间，连自己是哪一个也分不清呢？长夜里，坐在我幼时的书桌前，想到人的变化实在很大，例如住在乡下的时日，偶尔会遇到小学同学，如果不互报姓名，几乎无从分辨。站在生命的恒河岸边，我们的身心有如河水，是不停地向前流去的，是每一刻都在变化的，我们唯一可以确定的是，那不断变化的外表中，我还知道有一个我并未失去，其他的——例如我的身体一早就流逝了。

这就使我想起《华严经》的"菩萨开明品"中说的："分别观肉身，此中谁是我，若能如是解，彼达我有无。此身假安立，往处无方所，谛了是身者，于中无所着。于身善观察，一切皆明见，知法皆虚妄，不起心分别。"

我们的身体看起来是那样真实明确，实际上是无时不在变灭的，我们对于身体的执着，往往使我们失去明察，如果能看到身心的虚妄，就不会起分别心，也不会执着了。

在《华严经》的"十行品"里也说："菩萨观去来今一切众生所受之身，寻即坏灭，便作是念：奇哉！众生愚痴无智于生死内受无数身，危脆不停，速归坏灭，若已坏灭，若今坏灭，若当坏灭而不能以不坚固身，求坚固身。"

"不坚固身"正是我们的这个皮囊，它过去的已经坏灭，现在的在坏灭之中，将来必然也会坏灭。"坚固身"就是"圣身"和"清净身"，是那个我们把肉身还诸天地，尚存的那个真实的自我，一般人执着于肉身，因此难以体验不可见及的真身、常身、空身、慧身、金刚不坏之身。

如何来看待我们变化的肉身，才能趋入真谛呢？佛陀教我们要常做"四念住"，就是把心念集中在四件事情的观照上，一是观身不净，二是观受是苦，三是观心无常，四是观法无我。身、受、心、法虽然有所不同，仍是相通的，可以说是"四境合缘"，以身体来说，身体既是不净，也是苦痛，又是无常，更是无我的。一个人如果能时时如是观察，就可以趋入善根，趋入苦、集、灭、道的四圣谛。

我们的身体犹如飞花落叶，转眼成泥，融化于天地之间，可叹息的是我们常见于花叶的旋舞，反而少见树木埋在土中的根本，修习禅道的人就是要善观于相，在飞花落叶之中不沉不没，在肉身坏灭的进程中不动不摇，如实地观察根本实相。

因此，禅宗的祖师常举公案叫学人参"念佛是谁""打坐是谁""无明烦恼者是谁"，若能参详出那个"谁"，佛性也就呼之欲出了。

最近又要换季，在整理冬装的时候，发现比去年胖了一些，有的衣服又不能穿了，想到不知道要不要减肥来穿这些衣服，心里不禁感慨，我们的身体也是年年在更换的衣服，只是一般人不能见及罢了。

唉唉！假如我在路上突然遇到了十岁时的自己，恐怕也会错身而过，认不出自己了。

呵！哪一个是学人自己？参！

我似昔人，不是昔人

1

憨山大师有一年冬天读《肇论》，对里面僧肇大师谈到的"旋岚偃岳而常静，江河竞注而不流"感到十分疑惑，心思惘然。

又读到书里的一段：有一位梵志从幼年出家，一直到白发苍苍才回到家乡，邻居问梵志说："昔人犹在耶？"梵志说："吾似昔人，非昔人也。"憨山豁然了悟，说："信乎！诸法本无去来也！"

然后，他走下禅床礼佛，悟到无起动之相，揭开竹帘，站立在台阶上，忽然看到大风吹动庭院里的树，飞叶满空，却了无动相，他感慨地说："这就是旋岚偃岳而常静呀！"又看到河中流水，了无流相，说："此江河竞注而不流呀！"于是，去来生死的疑惑，从这时候起完全像冰雪融化一样，随手作了一首偈：

死生昼夜，水流花谢。

今日乃知，鼻孔向下。

2

我每一次想到憨山大师传记里的这一段，都会油然地感动不已，它似乎在冥冥中解释了时空岁月的答案。

表面上看，山上的旋岚、飘叶、云飞，是非常热闹的，但是山的本身却是那么安静——河中的水奔流不停，但是河的本质并没有什么改变。人的生死，宇宙的昼夜，水的奔流，花果的飘零，都像是这样，是自然的进程罢了。

这就是为什么梵志白发回乡，对邻居说："我像是从前的梵志，却已经不是以前的梵志了。"

岁月在我们的身上，毫不留情地写下刻痕，在每一次揽镜自照的时候，都会慨然发现，我们的脸容苍老了，我们的白发增生了，我们的身材改变了，于是，不免要自问："这是我吗？"

这就是从前那一位才华洋溢、青春飞扬、对人世与未来充满热切追求的我吗？

这是我，因为每一步改变的历程，我都如实地经验，还记得自己的十岁、二十岁、三十岁，一步一步地变迁。

这也不是我，因为不论在外貌、思想、语言都已经完全改变了。如果遇到三十年前的旧友，他可能完全不认得我，或许，我如果在街上遇见十岁时的自己，也会茫然地错身而过。

时空与我，在生命的历程上起着无限的变化，使我感到惘然。

那关于我的，到底是我吗？不是我吗？

3

有一次返乡，在我就读过的旗山小学大礼堂演讲，我的两个母校，旗山小学、旗山初中都派了学生来献花，说我是杰出的校友。

演讲完后，遇到了我的一些小学中学的老师，简直不敢与他们相认，因为他们都老得不是原来的样子，当时我就想，他们一定也有同样的感慨吧！没想到从前那个从来不穿鞋上学的毛孩子，现在已经步入中年了。

一位二十年没见的小学同学来看我，紧紧握着我的手说："二十年没见，想不到你变得这么老了！"——他讲的是实话，我们是两面镜子，他看见我的老去，我也看到了他的白发，其中最荒谬的是，我们都确信眼前这完全改变的同学，是"昔日人"，也自信自己还是从前的我。一位小学老师说："没想到你变得这么会演讲呢！"

我想到，小时候我就很会演讲，只是中文不标准，因此永远没有机会站上讲台，不断挫折与压抑的结果，使我变得忧郁，每次上台说话就自卑得不得了，甚至脸红心跳说不出话来。

连我自己都不能想象，二十几年之后，我每年要做一百多次的大型演讲，当然，我的老师更不能想象的。

我不只是外貌彻底地改变了，性格、思想也不再是从前的自己。

但是，属于童年的我，却是旋岚偃岳、江河竞注，那样清晰、充满了动感。

4

今年过年的时候，在家里一张被弃置多年的书桌里，找到了我在童年、少年时代的一些照片，黑白的、泛着岁月的黄渍。

我坐在书桌前专注地寻索着那些早已在岁月之流中逝去的自己，瘦小、苍白，常常仰天看着远方。

那时在乡下的我们，一面在学校读书，一面帮忙家里的农事，对未来都有着茫然之感，只知道长大一定要到远方去奋斗，渴望有衣锦还乡的一天。

有一张照片后面，我写着：

男儿立志出乡关，

毕业无成誓不还。

那是初中三年级，后来我到台南读高中，大学考了好几次，有一段时间甚至灰心丧志，觉得天下之大，竟没有自己容身的地方。想到自己十五岁就离家了，少年迷惘，不知何往。

还有一张是高中一年级的，背后竟早熟地写着：

我是谁？

我从哪里来？

要往哪里去？

在人群里，谁认识我呢？

我看着那些照片，试图回到当时的情境，但情境已渺，不复可追。如果我不写说明，拿给不认识从前的我的朋友看，他们一定不能在人群里认出我来。

坐在地板上看那些照片，竟看到黄昏了，直到母亲跑上来说："你在干什么呢？叫好几次吃晚饭，都没听见。"我说在看从前的照片。

"看从前的照片就会饱了吗？"母亲说，"快！下来吃晚饭。"

我醒过来，顺随母亲下楼吃晚饭，母亲说得对，这一顿晚饭比从前的照片重要得多。

5

这二十年来，我写了五十几本书，由于工作忙碌，很少回乡，哥哥姊姊竟都是在书里与我相见。

有一次，姊姊和我讨论书中的情节，说："你真的经历这些事吗？"

"是的。"我说。

"真想不到，我的同事都问我，你写的那些是不是真的，我说我也不知道呀！因为我的弟弟十五岁就离家了。"

有时候，我出国也没有通知家里的人。那时在中国时报当主编，时常到国外去出差，几乎走遍了半个地球。亲戚朋友偶尔会问：

"这写埃及的，是真的吗？""这写意大利的，是真的吗？"

我的脸上并没有写过我到过的国家，我的眼里也无法映现生命那些私密经验的历程，因此，到后来连我自己也会问自己："这些都是真的吗？"如果是假的，为什么如此真实？如果是真的，现在又在何处呢？生命的经验没有一段是真的，也没有一段是假的，回想起来，真的是如梦如幻，假的又是刻骨铭心，在走过了以后，真假只是一种认定呀！

6

有时候，不肯承认自己四十岁了，但现在的辈分又使我尴尬。

早就有人叫我"叔公""舅公""姨丈公""姑丈公"了，一到做了公字辈，不认老也不行。

我是怎么突然就到了四十岁呢？

不是突然！生命的成长虽然有阶段性，每天却都是相连的，去日、今日与来日，是在喝茶、吃饭、睡觉之间流逝的，在流逝的时候并不特别警觉，但是每一个五年、十年就仿佛是河流特别湍急，不免有所醒觉。

看着两岸的人、风景，如同无声的黑白默片，一格一格地显影、定影，终至灰白、消失。

无常之感在这时就格外惊心，缘起缘灭在沉默中，有如响雷。

生命会不会再有一个四十年呢？如果有，我能为下半段的生命奉献什么？

由于流逝的岁月，似我非我，未来的日子，也似我非我，只有善待每一个今朝，尽其在我地珍惜每一个因缘，并且深化、转化、净化自己的生命。

7

憨山大师觉悟到"旋岚偃岳而常静,江河竞注而不流"的时候,是二十九岁。想来惭愧,二十九岁的时候我在报馆里当主笔,旋岚乱动,江河散流,竟完全没有过觉悟的念头。

现在懂了一点点佛法、体验一些些无常、观照一丝丝缘起,才知道要做一个不受人惑的人是多么艰难。幸好,选到了一双叫"菩萨道"的鞋子,对路上的荆棘、坑洞,也能坦然微笑地迈步了。

记得胡适先生在四十岁时,曾在照片上自题"做了过河卒子,只好拼命向前",我把它改动成"看见彼岸消息,继续拼命向前",来作为自己四十岁的自勉。

但愿所有的朋友,也能一起前行,在生命的流逝、在因缘的变换中,都能无畏,做不受惑的人。